ショコラアソート
あの子からの贈りもの
村上雅郁
masafumi murakami

ショコラ・アソート　あの子からの贈りもの

もくじ

装画・挿絵／牧野千穂
装丁／城所 潤（ジュン・キドコロ・デザイン）

ラピスラズリの
初《はつ》恋《こい》

私《わたし》の幼《おさな》なじみは、きっと世界一ミニスカートが似《に》あう男子だ。

女の子みたいな顔で、女の子みたいな髪型《かみがた》で、女の子みたいなかっこうをした、ガキ大《だい》将《しょう》みたいな性格《せいかく》の男の子。

あいつはまえに言っていた。

自分は自分の性別《せいべつ》が、自分でもよくわからないって。

生まれたときに割《わ》り当《あ》てられた性別《せいべつ》は男性《だんせい》。一人称《いちにんしょう》は「おれ」。おじいちゃんの影響《えいきょう》で空手が得意《とくい》。髪《かみ》は長い。私《わたし》のあげた髪《かみ》かざりをよくつけている。そして、ワンピースや、ミニスカート、「女子らしい」とされるかっこうがすきで、実際《じっさい》によく似《に》あう。ほんとうにびっくりするくらい似《に》あう。

そんなあいつに、心ないことを言う人たちは、たくさんいる。

男子のくせに、とか。ヘンタイ、とか。おかま、とか。

そういう差別的《さべつてき》な言葉を、あいつは鼻で笑う。笑いとばす。

「うるせえ！　悩殺《のうさつ》するぞ！」

そんなふうに、言いかえす。

めちゃくちゃかわいくて、だれよりも強い心を持ったあいつのことを、私《わたし》はずっと、だいすきだって、そう思っている。

その気持ちは、きっとこれからも変わらない。


二月の空は雲ひとつなく、すみきって青い。

傾《かたむ》いてきた日差しはやわらかな金色で、冷たい風は透明《とうめい》なにおいがする。白い息をはきながら、私《わたし》はバットをにぎりしめた。

「へーい、ばっちこーい」

公園の真ん中で、ピッチャーの螢一《けいいち》は気だるそうに言った。

穂村螢一《ほむらけいいち》。甘縄《あまなわ》小学校六年一組の「ぼんやり少年」。天然《てんねん》パーマでしかも寝《ね》ぐせという、ワイルドな髪型《かみがた》を風に遊ばせて、眠《ねむ》たげな目でこっちを見ている。

「行きますよ。予告魔球《よこくまきゅう》！」

いつもどおり魔球《まきゅう》を予告《よこく》する螢一《けいいち》。ワインドアップポジションから、ゆっくりとふりかぶり、黄色いゴムのボールを投げた。

私《わたし》はプラスチックのバットをふった。空《くう》を切る。

「ストライーク！」

キャッチャーの翔真《しょうま》が、大声で言った。

うす紫《むらさき》とピンクの玉かざりがついた髪《かみ》ゴムで、ツインテールに結《ゆ》わえた髪《かみ》。ハイネックのセーターはもこもことあたたかそうだけど、下はデニムのショートパンツで、ぴかぴかした太ももを惜《お》しげもなくさらしている。

皆本翔真《みなもとしょうま》。私《わたし》の大切な幼《おさな》なじみで、自称《じしょう》「無敵《むてき》の女装《じょそう》男子」。

でも、どうなんだろうね。たしかに、翔真《しょうま》のかっこうはいつも女子みたいだけど、女子とか男子とかってかっこうで決まるものじゃなくない？

それに、ミニスカートやショートパンツやワンピース――つまり翔真《しょうま》が好んで着る服装《ふくそう》のことだけど、そういうのが女子だけのものっていう前提《ぜんてい》も、古い価値観《かちかん》っていうか、考え方っていうか、ようするに了見《りょうけん》が狭《せま》いような気がする。

まあ、いいんだけど、それは今。なんだか最近、私《わたし》はいろいろなことを考えてしまう。

「おいおい、どうした瑠璃《るり》。おまえ、やる気が感じられないぞ。具合悪いのか？」

そんなふうに、私《わたし》の顔をのぞきこんでくる翔真《しょうま》。私《わたし》は首を横にふった。

「なんでもないってば」

うそだ。なんでもある。

翔真《しょうま》は腕《うで》を組んだ。

「もしかして、おれが私立《しりつ》の中学に行くことに、ほんとうはなっとくしてないとか？」

「なに言ってんの。合格《ごうかく》したときおめでとうって言ったじゃん」

幼稚園《ようちえん》のころから、ずっといっしょに過《す》ごしていた翔真《しょうま》は、先日受験の結果がわかって、春から私服《しふく》登校のゆるされているべつの中学に通うことが確定《かくてい》した。さびしくないと言えばうそだけど、今、私《わたし》が悩《なや》んでいるのは、そのことではない。

「じゃあ、どうしてそんなにぼんやりしてるんだよ」

翔真《しょうま》はそう言った。

考えごとをしているだけなんだけど、まわりからはぼんやりして見えているっぽい。

「ぼんやりはぼくのセンバイトッキョですよー」

ピッチャーの螢一《けいいち》がそんなことを言いながら、のろのろと歩いてくる。

「休憩《きゅうけい》する？　なんか、べつのことする？　いちおう、ゲーム機持ってきたよ、ぼく」

翔真《しょうま》もうなずいた。

「んじゃ、ひさびさに『スマバト』するかー」

『スマバト』っていうのは『戦え！　スマッシュバトラーズ』というゲームの略称《りゃくしょう》。

男子の間ではやっているらしく、私《わたし》もふたりに教えてもらってときどき遊んでいる。

「瑠璃《るり》、必殺技《ひっさつわざ》入力うまくなったよな。もうハンデつけないからな」

そんなことを言いながら、翔真《しょうま》はひざについた砂《すな》をはらう。

私《わたし》はため息をついた。「あのさ、ふたりとも」

「なあに？」「なんだよ」

眠《ねむ》たげにたずねる螢一《けいいち》と、けげんそうに眉《まゆ》をひそめる翔真《しょうま》。

「ちょっと、聞いてほしいことがあるの」

「おう。聞く聞く」

翔真《しょうま》がうなずいて、地面をつま先でとんとんけった。

「うん……ほんとうは、言おうかまよってたっていうか。言うならなんて言おうか、ずっと考えてたんだけど……やっぱり、ちゃんと話しておきたかったし」

ぼそぼそとそんなふうに言う私《わたし》。我《われ》ながら歯切れが悪い。

翔真《しょうま》と螢一《けいいち》が、顔を見あわせる。

「まわりくどいな」

「言いづらいことなのかもしれない。石川《いしかわ》さん、無理して話さなくてもいいよ」

私《わたし》はちいさく笑った。

「ううん。聞いてほしいの。私《わたし》さ——」

そこまできて、やっぱり言葉につまる。私《わたし》は大きく息をついた。

それから、体のなかにある勇気をぜんぶかき集めて、私《わたし》は言う。

「……すきな人が、できたんだ」

「あら」と、ぼんやりした顔で、螢一《けいいち》が言った。

翔真《しょうま》はあんぐりと口を開けた。「え……ま、まじで？」

「うん……まじ」

なんだろ、ちょっぴり顔が熱い。そうだろうとは思っていたけれど、あらためて言葉にすると、くるものがある。いつもいっしょにいるふたりに、いつもいっしょにいるふたりだからこそ。こそばゆいというか、面《おも》はゆいと言うか。

「その『すき』っていうのは、つまりあれだよな。友情的《ゆうじょうてき》な意味ではないわけだよな？」

翔真《しょうま》は衝撃《しょうげき》を受けているようだった。

「まあ、待て。落ちつけ。こういうときこそ冷静にだな」

せわしなく行ったり来たりしはじめる翔真《しょうま》。結んだ髪《かみ》がぴょこぴょこする。

「え？　だれ？　おなじクラスのやつ？　っていうか、瑠璃《るり》おまえ、だれかをすきになるとか、そういう回路がちゃんと備《そな》わっていたのか？」

回路って言い方がおかしくて、私《わたし》は笑ってしまう。

「そうだね。自分でもびっくりしてる」

「いやいやいや、ちょっと……うわあ、ええ？」

だけど、なんだろう。そう言いながら、翔真《しょうま》はにやにやしはじめた。おもしろがっているのかな。それはそれで癪《しゃく》だけれど。

「くわしく聞かせろよ、瑠璃《るり》。詳細《しょうさい》な報告《ほうこく》を要求する」

びしっと私《わたし》を指さして、翔真《しょうま》は言った。螢一《けいいち》はあくびをしている。

私《わたし》はうなずいて、ぼそぼそと話しはじめた。

塾《じゅく》の冬期講習《こうしゅう》で出会った男子、魚見蒼《うおみあお》くんのことを。

■●♥■

塾《じゅく》に行きはじめたのは、冬休みのこと。きっかけはお母さんの言葉だった。

「中学になると勉強むずかしくなるから、今から塾《じゅく》に行ってみない？」

「冬期講習《こうしゅう》自体は三日間だけだし、気に入ったら、そのまま続ければいいから」

正直、中学準備《じゅんび》なんて、春休みからすればいいじゃんって思っていた。だから、私《わたし》はあまり乗り気じゃなかった。でも、ふと翔真《しょうま》のことを思ったんだ。そうだ、翔真《しょうま》の受験勉強もラストスパートって感じだし、だったら私《わたし》もがんばってみるか、とかそんなことを考えて、お母さんの提案《ていあん》を受け入れた。このこと自体は、まえに話した気がするけど。

粟船駅《あわふねえき》のむこうにある、大手の塾《じゅく》。最初は緊張《きんちょう》していたけど、すぐになれた。学校の授《じゅ》業《ぎょう》より、ずっとおもしろいと思った。先生の話し方も、内容《ないよう》も。英語と数学を五十分ずつ。私《わたし》、少なくとも小学校の勉強でこまったことないし、いろいろなことを知るのもすきなほうだ。だから、マイナスの計算とか、英語の文法の話とか、すごく興味《きょうみ》深く感じた。だから、一日目の授業《じゅぎょう》を終えた時点で、このまま通ってもいいかなと思っていた。

そのときから、魚見くんとはとなりの席だった。ただ、話したのは二日目になってから。

さすがに、はじめての塾《じゅく》で、初日からべつの学校の子と、しかも男子とおしゃべりするとか、ちょっぴりハードルが高い。そもそも勉強しに来ているんだし。

だけど、二日目は、すこし余裕《よゆう》があった。私《わたし》だけじゃなくて、ほかの子たちもそう。

休み時間、教室のあちこちで、おしゃべりの声が聞こえていて、私《わたし》は教科書を読んでいたんだけど、そうしているのはなんとなくさびしいというか、つまんなくて。

だから、おなじようにとなりで教科書を読んでいたその子に、話しかけたんだ。

「ねえ、次の授業《じゅぎょう》なんだけどさあ」って。

とくに次の授業《じゅぎょう》について、知りたいことがあったわけじゃなかった。ただの会話の糸口。

でも、その子は返事をしてくれた。短いやりとりのあと、私《わたし》は自己紹介《じこしょうかい》をした。

駅のむこうの甘縄小《あまなわしょう》に通ってる、石川瑠璃《るり》。

そしたら、その子も名前を教えてくれた。粟船《あわふね》小学校の魚見蒼《あお》。

「『瑠璃《るり》』っていい名前だね。ラピスラズリ」

魚見くんの発言が、私《わたし》にはよくわからなくて、きょとんとしてしまった。

「ラピスラズリ？」

で、魚見くんは、きょとんとした私《わたし》の反応《はんのう》に、きょとんとしていた。

「瑠璃《るり》って、石の瑠璃《るり》でしょ？　青い石。ラピスラズリは別名だよ。知らない？」

「瑠璃《るり》が石の名前だってことは知ってたけど、ラピスラズリ？　って呼《よ》ぶことは、はじめて聞いた。そうなんだ」

私《わたし》が正直にそう言うと、魚見くんはうなずいた。

「ラピスラズリ。アフガニスタンや、ロシア、チリなんかで採《と》れる。むかしから神聖《しんせい》な石とされていて、ウルトラマリンっていう絵の具の材料にもなる」

それから、魚見くんは楽しそうな顔で続けた。

「ウルトラマリンはね、とっても深い青が出るんだって。たくさんの有名な芸術家《げいじゅつか》が夢中《むちゅう》になるくらいに。でも、すごく高価《こうか》なもので、金よりも高い値段《ねだん》がしたんだ」

私《わたし》は感心した。「くわしいね」

魚見くんはなにかに気づいたような表情《ひょうじょう》になって、それからすぐに、顔を赤くした。

「ごめん、たくさん話しちゃって。びっくりしたよね」

「ううん。おもしろかったよ」

私《わたし》がほほえむと、魚見くんはほっとしたような顔で続けた。

「おれさ、すきなんだよね、瑠璃《るり》が」

「え？」

「あ、ごめんごめん、そうじゃなくて、石の話。石の瑠璃《るり》ね？」

あわあわと、言《い》い訳《わけ》するように、魚見くんは言った。私《わたし》は笑ってしまった。

「なーんだ、告白《こくはく》されたかと思った」

「ちがうちがう。いや、ちがうっていうのも失礼だけど……とにかく、すてきな名前だなって言いたかったんだ。すごくきれいだし」

あいかわらず赤い顔で、魚見くんは言った。

「ふうん？　そっか。ほめてくれてありがとう」

「ううん、ごめん。なんかきもいよね、こういうの。悪かった」

落ちこんでいるみたいだ。私《わたし》は肩《かた》をすくめる。

「そうかな。私《わたし》はうれしかったけど？」

そういうふうに言うと、おずおずと魚見くんは笑った。

それが私《わたし》たちの出会い。

■●♥■

「おまえね、それですきになっちゃったんだとしたら、だいぶちょろいぞ」

やれやれと言った感じで、翔真《しょうま》が失礼なことを言う。

でも、私《わたし》が反論《はんろん》するまえに、螢一《けいいち》が口を開いた。

「だとしても、翔真《しょうま》。きみが言えることではないよね」

「なんでだよ」と、翔真《しょうま》は不服そうに言った。螢一《けいいち》は続けた。

「三年生のとき、はじめて会ったぼくが髪《かみ》かざりをほめただけで、ぼくのことを親友と呼《よ》びはじめたきみに、石川さんをちょろいって言う資格《しかく》はない」

「いいんだよ、それは。その後三年かけて、ちゃんとおれはあのときの直感が正しかったことを証明《しょうめい》しただろうが」

翔真《しょうま》はすこしばかりはずかしそうにしていた。螢一《けいいち》はうなずいた。

「だから、結論《けつろん》を急いではいけないよ。三年待ってみよう」

「それはそれで気の長い話だな」

「あのね、ふたりとも」

ようやく、私《わたし》は割《わ》って入る。

「べつに、そのときひと目ぼれとか、そういうわけじゃないから」

「じゃあ、いつからなんだよ。なんだかんだ、冬期講習《こうしゅう》からひと月くらいだろ、まだ」

それはそうなんだけどさあ。

「冬期講習《こうしゅう》のあとも、私《わたし》と魚見くんは塾《じゅく》を続けて、よくしゃべるようになったの。休み時間もそうだし、とちゅうまで、いっしょに帰ったりもしてる」

そうしているうちに……。

「すきになっちゃったわけか」

にやにやしながら翔真《しょうま》は言った。私《わたし》はだまってうなずく。

なにかを考えるような顔をしていた螢一《けいいち》が、しばらくして口を開いた。

「あのさ、石川さん。ぼく、経験《けいけん》がないもんだからわからないんだけど、恋《こい》する瞬間《しゅんかん》って、どういうもんなの？　びびっとくるの？　それとも、じわじわわかるの？」

私《わたし》はすこしばかり考えて、こう言った。

「私《わたし》の場合、じわじわ、かな。いっしょに過《す》ごしているうちに、なんだろう、胸《むね》が切なくて、でもあったかくて、そういうのに気づいていくっていうか……」

私《わたし》はためらったけれど、続けた。

「まえに、ふたりにミサンガをあげたとき、私《わたし》、言ったよね。あんたたちのことが、だいすきだって。その気持ちは今でも変わらない。でも、魚見くんに対しての『すき』はさ、なんかちがうんだよ。もっと熱くて、激《はげ》しくて……でも、そのぶん不安にもなるんだ」

「不安」

その言葉を螢一《けいいち》がくりかえす。私《わたし》はうなずいた。

「きらわれたらどうしようとか、どんなふうに思われてるんだろうとか、いちいち、考えちゃうんだ。息が苦しいような気持ちになる。あんたたちふたりのことは、すきだけど、そういうふうには思わないんだ。もっと、いっしょにいて安心できるっていうか……」

「魚見くんだっけ？　そいつといっしょにいるときは、安心できないの？」

翔真《しょうま》がたずねる。私《わたし》はしばらく考えて、言った。

「翔真《しょうま》や螢一《けいいち》と、いっしょにいるときとおなじみたいには、安心できない。でも、その気持ちが不安定になる感じもふくめて、すごく幸せだって、そう思う」

「なるほどう……なんだろう、人の心って不思議なもんだな」

興味《きょうみ》深いといった感じで翔真《しょうま》は言った。

「ほんとうにね。私《わたし》もそう思うよ」

自分の足元をじっと見つめながら、私《わたし》は言った。それから、やっぱりこのふたりのことが大切だなって思った。こんなこと、大まじめに話せるのは、相手がこのふたりだから。例えば、クラスの女子たちの前でおなじように話せるかというと、きっと無理。

「つまり、友情《ゆうじょう》と恋愛感情《れんあいかんじょう》のちがいってやつ？」

螢一《けいいち》が言った。

「そうかもしれない……うん、たぶんそう」

私《わたし》がそう返すと、翔真《しょうま》はからかうように言った。

「齢《よわい》十二にして、石川瑠璃《るり》、初恋《はつこい》を知る」

「やめてよ、もう」

笑ってつっこむ私《わたし》。螢一《けいいち》は首をかしげた。

「ヨワイ十二って、弱さレベルみたいなこと？　なにが弱いことを意味しているの？」

翔真《しょうま》は「齢《よわい》」という言葉について螢一《けいいち》に説明した。それから私《わたし》に言った。

「で？　瑠璃《るり》、今後の予定はどうなんだよ」

なに、今後の予定って。

「だから、告白《こくはく》するなり、つきあうなり、ほら。なんらかのアクションがあんだろ」

翔真《しょうま》が、興味津々《きょうみしんしん》って感じの眼差《まなざ》しで言う。私《わたし》はうなずいた。

「今度の土曜日、塾《じゅく》がはやく終わるから、そのあとふたりで遊びに行くの」

「デートじゃん！」

ぴょんぴょん飛び跳《は》ねる翔真《しょうま》。めちゃくちゃ楽しそうだ。

「おまえ、あれだよ。思いつく限《かぎ》りのおしゃれをして行ってこい。なんなら、おれの秘蔵《ひぞう》の服を貸《か》してやってもいい。遠慮《えんりょ》するな。いくらでも持ってけ」

私《わたし》は笑った。「ありがとう。でも、自分の服を着てくよ」

翔真《しょうま》の服はどれもおしゃれだしとってもかわいいけれど、私《わたし》はもうすこしボーイッシュな服装《ふくそう》のほうが好み（だけど、「ボーイッシュ」っていうのも、どうなんだろうね。「スポーティ」くらいのほうが、肌《はだ》に合う言葉かも）。

螢一《けいいち》が言った。「どこに行くのか、聞いてもいいでしょうか？」

「駅のむこうから、ちょっとバスに乗ったとこ。徒歩でも行けるって言っていたけど、ほら、石を売っているお店があるんだって」

「石？」

螢一《けいいち》と翔真《しょうま》はおなじように首をひねった。

「天然石っていうのかな。宝石《ほうせき》ほど高いものじゃないけれど、アクセサリーとかもあるって。魚見くん、そういうのにくわしくて、話しだすと止まらないんだよ」

「天然石、ねえ。なにせラピスラズリがきっかけだもんな」

なるほどう、と翔真《しょうま》はうなずいた。

「……あのですね、ふたりとも。ちょっと確認《かくにん》したいことがあるんだけど」

なにかに気づいたように、螢一《けいいち》は言った。

「なんだよ、螢一《けいいち》」

「今度の土曜日って言ったよね。それって、バレンタインデーでは？」

螢一《けいいち》の言葉に、翔真《しょうま》がはっとした顔で私《わたし》を見る。

「おいおいおいおいおいおい、それって、それってつまり、つまりそういうことか？」

私《わたし》は苦笑《くしょう》した。こんなにノリノリな対応《たいおう》をされると思わなかった。

「うん……チョコレート、わたそうかなって」

翔真《しょうま》はいきなり走りだした。公園のすべり台のはしごをのぼっていって、いちばん上のところに立つと、空に向かって大声でさけんだ。

「ちょっとなんだよその近年まれに見る幸せいっぱいな展開《てんかい》はー！」

そんなことを言って、すべり台の上で笑いころげる翔真《しょうま》。

きらきらとかがやくような笑顔《えがお》はびっくりするくらいきれいで、それこそ幸せにあふれて見えて、まるで妖精《ようせい》かなにかみたいだった。

冬の日ざしの下に現《あらわ》れた、いたずらずきな妖精《ようせい》。

「近所迷惑《めいわく》だよ」

至極《しごく》あたりまえのつっこみを螢一《けいいち》は入れた。

翔真《しょうま》がすべり台をすべってもどってくる。私《わたし》は話を続けた。

「そこで、ちょっとふたりにお願いがあるんだけど……」

「なんだよ。なんでも言え。全力で協力するぞ」

食い気味に翔真《しょうま》が言う。私《わたし》はちいさく笑った。

「……チョコレート、選ぶの手伝ってほしいんだ。私《わたし》、こういうのはじめてだから、どうしたらいいか、わからなくって」

すると、ふたりは顔を見あわせた。急に真顔だ。なんだろう。

「あのだね、石川さんや」

しばらくして、螢一《けいいち》が言った。

「ぼくらが、そういう感じのお役に立てると、本気で思ってる？」

それはそうなんだけどさあ……。

だけど、それでもふたりはなんとかかんとか言いながら、チョコレートを選ぶ手伝いをしてくれた。予算がどうのとか、持ち歩くなら冷蔵《れいぞう》じゃないほうがいいんじゃないかとか、冬だからだいじょうぶだろうとか、わいわいとにぎやかにおしゃべりしながら、スマホを駆使《くし》して情報《じょうほう》を集めた。

四時半のチャイムが鳴って、家へと帰るころには、もうだいぶ暗くなっていた。

私《わたし》たち三人は、分かれ道であるコンビニの前までいっしょに歩いた。

「おもしろいことになってきたな」

跳《は》ねるような足取りで歩きながら、そんなことを言う。

「あんまり、他人の恋路《こいじ》を第三者がおもしろがるのもどうなんだろうね」

螢一《けいいち》の言葉に、翔真《しょうま》は首を横にふる。

「他人じゃない。友だちだろ」

「だとしても、だよ」

私《わたし》はちいさく笑った。

「うれしいけどな、私《わたし》は」

ふたりの視線《しせん》を感じながら、私《わたし》は言った。

「だって、なんだかんだ、あんたたち応援《おうえん》してくれるみたいだから」

すると、ふたりは顔を見あわせた。

「応援《おうえん》しないっていう選択肢《せんたくし》、あるか？」

翔真《しょうま》が言った。螢一《けいいち》もうなずく。「たしかに、それは最初からないね」

私《わたし》はぴょんと跳《と》んで、ふたりの前でふりかえる。

「ふたりのそういうところ、やっぱりだいすきだよ」

翔真《しょうま》は、にやっと笑った。

「おう。がんばってこいよ。武運《ぶうん》を祈《いの》る」

螢一《けいいち》は照れくさそうにあくびをして、つぶやくように言った。

「どうか、うまくいきますように」


二月十四日は、なんでもない日のような顔をしてやってきた。ほかの日となにも変わらない顔で。いつもとちがうのは私《わたし》のほう。私《わたし》の気持ち。

だけどきっと、今日はたくさんの人がそんなふうに思っているのだろう。

塾《じゅく》を終えて、私《わたし》たちは粟船《あわふね》駅から市営《しえい》のバスに乗った。

結露《けつろ》した窓《まど》ガラス。座席《ざせき》をふるわせるエンジン音。車窓《しゃそう》のむこうを景色が流れていく。

私《わたし》は緊張《きんちょう》していた。シートに腰《こし》かけて、体をこわばらせている。となりにすわった魚見くんとふれている体の左側がひどく熱かった。なにか話そうと思うんだけど、なにも思《おも》い浮《う》かばなかった。おかしいな。塾《じゅく》の教室だったら、いくらでもおしゃべりできたのに。

魚見くんの顔を横目でうかがう。そうしてみて、わかった。魚見くんもだいぶ緊張《きんちょう》しているみたいだってこと。なぜだろう、なんとなく息が楽になった。

「なんか緊張《きんちょう》するね」

私《わたし》は思ったままを言った。言うことができた。魚見くんは神妙《しんみょう》な顔でうなずいた。

「うん……女子と出かけるとか、はじめてかもしれない」

それはふつうにうれしい情報《じょうほう》だけど。

「でも、いいの？　天然石のお店とか、おれは楽しいけどさ。もっとなんか、行きたいところとかないの？」

ちょっと気づかわしげに言う魚見くんに、私《わたし》は笑ってしまう。

「なに、今さら」

「いや、いよいよ行くとなると、どうなんだろうって。おれの趣味《しゅみ》に石川さんをつきあわせちゃってる気がして……」

バツの悪そうな顔で言う。私《わたし》は首を横にふった。

「私《わたし》、石にくわしいわけじゃないけれど、魚見くんが話しているの、聞くのはすきだよ。だから教えてよ、いろいろ」

「そう言ってくれるのはうれしいけど……」

「うれしいけど？」

魚見くんはすこしばかり考えるような顔をして、それからくすっと笑った。

「うれしいから、いいか」

はにかんだようなその笑《え》みに、私《わたし》の胸《むね》はきゅっと苦しくなる。

ときめく、ってこういう感覚のことを言うのかもしれないって、ちょっとだけ思う。


バス停《てい》でおりてから、通りをすこし歩く。

「このへん、来たことないんだっけ？」

魚見くんの質問《しつもん》に、私《わたし》は言った。

「あんまり。でも、もっとちいさいころは、親に連れてきてもらった覚えがある」

「そっか。おれは、ときどき来る」

「その、天然石のお店？」

「そう。兄さんといっしょに」

私《わたし》はびっくりした。「お兄ちゃんいるの？」

「うん。大学生。八つちがいかな。年、離《はな》れてるでしょ？」

「私《わたし》の友だちにもいるよ。上に三人お姉さんがいて、いちばん上のお姉さんとは十五歳《さい》くらい離《はな》れてるって子。二番目のお姉さんが大学生だから、魚見くんといっしょ」

「へえ。にぎやかそうだ」

そのままおしゃべりしながら、しばらく歩いていく。

魚見くんが、ぽつりと言った。「あ、ソフトクリームが売ってる」

「ほんとだ。あまいものすき？」

私《わたし》がたずねると、魚見くんはこまったような顔で言った。

「じつは、苦手なんだ」

一瞬《いっしゅん》、私《わたし》は固まってしまった。どうしようと思った。

チョコレートもダメなんだろうか、うわ、先に聞いとけばよかった……。

いろいろなことが頭のなかをかけめぐる。だけど、魚見くんはしみじみと言った。

「油断《ゆだん》すると、食べすぎちゃうんだよね。だから自重している」

私《わたし》はほっとして、それからちょっぴり腹立《はらだ》たしく思った。

なんでそんな言い方するんだ、もう。

「じゃ、買おうよ」

「え、おれはいいよ」

「なんで？　すきだったら、食べようよ。私《わたし》もソフトクリーム、だいすきだし」

そう言って、私《わたし》はお店に並《なら》んだ。

私《わたし》はイチゴのミックス、魚見くんはふつうにバニラのやつ。

ふたりで、くるくるとまかれたソフトクリームを食べながら、私《わたし》はなんだかデートみたいだなと思った。デートなんだけど。

翔真《しょうま》だったら、なんて言うだろう。

きっとにやにやするんだろうな。「うわ、あまずっぱい！　青春！」とか、言いそう。

このまえ話してわかったけど、あいつ、けっこう恋《こい》バナがすきだったみたい。

螢一《けいいち》はどうだろう。

「まあ、人の恋路《こいじ》をどうこう言うつもりはないです」

そんなことを言いそうだ。テンションをあげる翔真《しょうま》をいさめていそう。

ふたりの様子がありありと頭に浮《う》かんで、なぜだかにやけてしまう。

「おいしい？」

魚見くんがたずねた。私《わたし》はあわててうなずいた。


それから、私《わたし》は魚見くんに連れられて、目的地である天然石のお店をおとずれた。

石のお店ってどんなところだろうって、いろいろ考えていたんだけれど、実際《じっさい》に来てみて思ったのは、すごくおしゃれだってこと。

天然石って言うから、みがかれていないちいさな石がそのまま売っているのかと思ったら、ブレスレットやネックレス、イヤリングなんかのアクセサリーもいっぱいある。色とりどりの石がきらきらしていて、あちこちに石の名前や、その産地や歴史《れきし》、そして石言葉なんかが書いてあるポップが貼《は》られている。

こんな感じ。

アイオライト
別名……ウォーターサファイア・菫青石《きんせいせき》
原産国……インド・カナダ・スリランカ・タンザニア・マダガスカル・ミャンマーなど
石言葉……自己同一性《じこどういっせい》・誠実《せいじつ》・貞操《ていそう》
アイオライトという名前はギリシャ語のion（すみれ色）とlithos（石）に由来します。青みがかった紫色《むらさきいろ》の天然石です。鉱物名《こうぶつめい》はコーディエライトといいます。バイキングの羅針盤《らしんばん》に使われたという言い伝えから『人生の道しるべ』という意味を持ちます。

ルビーとかサファイアなんかは知っていたけれど、アベンチュリン、オブシディアン、ジャスパー、タイガーアイ、ペリドット、オニキス、カルセドニー……ほかにも、はじめて聞く名前がたくさんあった。また、占いで使われるときの意味や、その石が持つとされる不思議な力についても書いてある。

例えば、薄黄色《うすきいろ》の石シトリンは、金運を呼《よ》ぶ幸運の石で、新しく仕事をはじめる人には心強いお守りになり、トラブルを防《ふせ》いでくれるとか。

「これって、ほんとうのこと？」

私《わたし》がたずねると、魚見くんはすこし考えてこう言った。

「こういうのパワーストーンって言うらしいんだけど、おれはあんまり信じていない。科学的じゃないし。石は石だと思う。その石に意味をつけるのは、人間の勝手。でも……」

「でも？」

その先をうながすと、魚見くんはまたすこし考えて、ちいさくうなずく。

「きっと、そうやって石に意味をつけて、物語を作った人は、そうするだけの理由があったんだろうって、思うんだ。だから、否定《ひてい》もしたくない」

それから魚見くんは笑って、私《わたし》の手を引いた。

「こっち」

「え、あ……」

手をにぎられたことにドギマギする私《わたし》。そのまま、店のおくへと歩いていくと……。

「ほら」と、魚見くんがふりかえる。

その棚《たな》にあったのは、青い石――私《わたし》の名前の石。

「ラピスラズリ……」

石言葉は、真実・崇高《すうこう》・幸運。

『世界最古のパワーストーン』と、ポップには書かれていた。

夜明けまえの空みたいな、深い深い藍色《あいいろ》。海の底のように、しずんでいく群青《ぐんじょう》。

「さすがに高いからさ、プレゼントしてあげるとかは、できないけど」

魚見くんは言った。

「でも、見せたかったから。来てくれてありがとう」


私《わたし》は幸せだった。

なんだか、ふわふわふわと夢見心地《ゆめみごこち》で、でも心は燃《も》えるように熱くて。

胸《むね》の痛《いた》みにため息をつくと、あまい味がした。

その日の帰り、粟船《あわふね》駅の改札《かいさつ》で、私《わたし》は魚見くんにチョコレートをわたした。

「私《わたし》、魚見くんに会えてよかった」

私《わたし》は言った。

「いっしょに過《す》ごしていくうちに、魚見くんのこと、特別だって、そう思うようになったの。だから、これからも、なかよくしてくれると、うれしい」

「……ありがとう」

照れくさそうに、だけど、私《わたし》のほうをまっすぐ見て、魚見くんは言った。

「おれも、石川さんのこと、特別だって思ってる……すきだって」

その言葉が、ほんとうに、泣きたくなるくらいうれしくって——。


だから、私《わたし》、油断《ゆだん》してたんだろうね。

その数分後にこんな気持ちになるなんて、思ってなかったや。


「もしもし？　石川さん？」

三コールのあと、電話に出た螢一《けいいち》の声は、いつもどおり眠《ねむ》そうだった。

「……螢一《けいいち》？」

駅の階段《かいだん》をおりながら、私《わたし》の声はふるえている。

「ん、どした？　なんかあったの？」

螢一《けいいち》の質問《しつもん》に、私《わたし》は答えられない。

さっき起こったことを言葉にしたら、心がバラバラになってしまいそうで。

だけど、沈黙《ちんもく》する私《わたし》に、螢一《けいいち》はなにかを感じ取ったみたいだった。

「……どこ？　石川さん。今行くから、どこか教えて？」

「……螢一《けいいち》、なにしてたの？」

「夕飯作ってたけど、あらかたできたから、だいじょうぶ。どこにいる？」

「駅を出て……坂、のぼるところ」

「わかった。ぼくもこれから向かう。坂のとちゅうで会おう」

「うん……うん……！」

夕やけ空がにじんで、ぽろぽろとしたたる。

泣き声を我慢《がまん》して、私《わたし》はスマホの画面をタップする。

通話が切れたあと、私《わたし》はしゃくりあげた。


なんでかな。

どうして、こんなことに、なっちゃったんだろう。

駅前のバスロータリーのとなり、坂をのぼりながら、私《わたし》は考える。

知らない顔の人たちが、私《わたし》の横を通りすぎていく。

知らないままでよかったなと思った。

魚見くんのこと、知らないままでいたかった。知りたくなかった。こんなことになるなら、こんな思いをするなら……。

私《わたし》たちは、きっと、出会うべきではなかった。

「石川さんや」

その声に、顔をあげる。

「……螢一《けいいち》」

くしゃくしゃで、うずをまいて、ところどころ爆発《ばくはつ》しているみたいな髪《かみ》を風に遊ばせて、私《わたし》の友人であるぼんやり少年が、ひらひらと手をふった。

そのまま私《わたし》たちは坂をのぼって、住宅街《じゅうたくがい》に入った。

お蕎麦屋《そばや》さんの角を曲がって、そのまま行くと、ぐるりとソメイヨシノが植えられた川《かわ》津池《づいけ》に着く。そのとなりにある公園のベンチに、私《わたし》たちはすわった。

「翔真《しょうま》も、呼《よ》んだほうがいいかい？　たぶん、すぐ来るよ」

だけど、私《わたし》は首を横にふる。

「あいつには、話せない」

螢一《けいいち》はびっくりしたみたいだった。私《わたし》は続けた。

「ごめん、螢一《けいいち》も、翔真《しょうま》には秘密《ひみつ》にしてほしい」

「……なにがあったの？」

おずおずと、螢一《けいいち》がたずねる。私《わたし》はちいさく笑った。また、ぽろぽろ涙《なみだ》がこぼれる。

はなをすすって、私《わたし》は話しはじめる。

「チョコレートをわたして、告白《こくはく》して」

「うん」

「魚見くんも、私《わたし》のこと、すきだって言ってくれて……だけど」

「だけど……？」

私《わたし》は嗚咽《おえつ》をこらえる。でも、だめだった。大きくしゃくりあげて、私《わたし》は泣いてしまう。

螢一《けいいち》はだまって、私《わたし》の背中《せなか》に手を置いた。

コート越《ご》しに感じる手のひら。私《わたし》は大きく息をはいて、言った。

「……あんたたちのこと、話したの。チョコレートを選ぶのに、相談したって」

「まあ、けっきょく役には立たなかったけれども」

螢一《けいいち》がぼそぼそと言う。私《わたし》は笑ってしまう。めそめそ泣きながら、それでも。

「そうだね、でも……うん。話したの。私《わたし》の幼《おさな》なじみと、その親友のこと」

私《わたし》の、世界でいちばん大切なふたりの友だち。

無敵《むてき》の女装《じょそう》男子・皆本翔真《みなもとしょうま》と、ぼんやり少年・穂村螢一《ほむらけいいち》のことを。

「……そっか」

螢一《けいいち》はなにかを察したみたいだった。それでも、私《わたし》は続ける。

「でも、翔真《しょうま》のことを聞いて、魚見くん、へんな顔をした」


――その子、スカートはいたりしてるの？　男子なのに？


「私《わたし》、説明したの。翔真《しょうま》のこと……魚見くんの誤解《ごかい》を、解《と》こうとした」

だって、魚見くんは、翔真《しょうま》のこと「へんなやつ」だって、そう思ったみたいだから。

「うん」

螢一《けいいち》はうなずいた。私《わたし》は首を横にふった。

「でも、だめだった」

そう。

魚見くんは、理解《りかい》してくれなかった。

翔真《しょうま》のこと、おかしいって決めつけて、ひどい言葉を言った。

なんでそんなことを言うのか、私《わたし》にはわからなかった。

うらぎられたような、そんな気持ちになった。

いくら説明しても、話は平行線で。

「最後にさ……魚見くん、言ったんだ」


――石川さんはさ、おれじゃなくて、そいつのことがすきなんじゃないの？

「ふきげんそうに、ほんとうにいやな言い方で」


「そっか……」と、つぶやくように螢一《けいいち》は言った。

「災難《さいなん》だったね、石川さん」

「うん、ほんとうだよ。ほんとうに、災難《さいなん》だよ」

私《わたし》は笑った。だけど声はふるえていて、涙《なみだ》がこぼれるのを止めることができない。

だって、すきだったんだもん、魚見くんのこと。

今まで知らなかった感情《かんじょう》を、魚見くんは教えてくれた。

ほんとうに特別な人だって、そう思っていた。なのに……。

「なのに魚見くんは、私《わたし》の大切な人を、大切にしてくれないんだ……」

涙《なみだ》にぬれた声が、夕闇《ゆうやみ》をゆらして消えた。

しばらくぐずぐずとやって、それから私《わたし》はため息をつく。

「なんでだろうね。なんでこうなっちゃったんだろう」

いいじゃん、べつに。

スカートはこうが、ワンピース着ようが、学ランがいやだから私服《しふく》登校がゆるされている私立《しりつ》を受験しようが。翔真《しょうま》の勝手だし、翔真《しょうま》の自由だ。翔真《しょうま》の人生なんだから。

「なんでみんな、勝手なこと言うんだろうね。忘《わす》れてたよ。ほら、うちの小学校のみんなはさ？　翔真《しょうま》といっしょにいるの、長いじゃん。へんなんて言ったら、ちゃんとあいつは反撃《はんげき》するし――だから、今さらそんなこと言う人に出会うなんて、びっくりだったよ」

私《わたし》はそう言って笑った。螢一《けいいち》は笑わなかった。

「……でも、きっとずっとそうだったんだろうね」

翔真《しょうま》は、ずっとああいうのと闘《たたか》ってきたんだ。

偏見《へんけん》とか、不寛容《ふかんよう》とか、差別とか。

そして、それをぶつけられたときの、私《わたし》がさっき感じたようなひどい気持ちなんかと。

ひとりぼっちで。

しばらくして、螢一《けいいち》は言った。

「あのさ、石川さん。中学に入ったらさ、生徒会に入らない？」

私《わたし》はきょとんとしてしまった。いきなり、なんの話だろう。

螢一《けいいち》は私《わたし》のほうをまっすぐ見て、続けた。

「制服《せいふく》を、もっとジェンダーレスにしたり、世界には男子とか女子だけじゃなくて、いろんな子がいるんだってことをみんなに知ってもらうような、活動をしたいんだ」

私《わたし》はなにも言えなかった。だって、そんなことしても……。

「翔真《しょうま》は……ちがう学校に行っちゃうんだよ？」

しぼりだした言葉に、螢一《けいいち》はうなずく。

「そうだね。でも、おなじ世界だし」

どういう意味だろう、と思っていると、螢一《けいいち》は言った。

「ぼくさ、魚見くんのこと、責《せ》められないんだ。へんなやつ、とまでは思わないけれど、ぼくだって翔真《しょうま》のこと、ちゃんと理解《りかい》していたわけじゃないから」

その告白《こくはく》に、私《わたし》はびっくりした。

「そんなことないでしょ。あんたたち、親友じゃない」

だけど、螢一《けいいち》は首を横にふる。

「それでも。だって、あいつが私立《しりつ》中学に行くことを選んだの、ぼくのせいだしさ」

そんな話、知らなかった。聞いたことない。

ショックを受けている私《わたし》に、螢一《けいいち》は続けた。

「夏休み、この公園で話をしたんだ。アイス食べながら。翔真《しょうま》はぼくに、生徒会に入ろうって言った。さっきみたいに。制服《せいふく》をジェンダーレスにする活動がしたいんだって。学ラン、三年も着て生活するの、無理だって。耐《た》えられないって……そんなふうに」

それから、翔真《しょうま》はぼくをまっすぐ見て言った。

――おまえがいっしょに闘《たたか》ってくれたら、三年間耐《た》えられると思う。

「それなのにぼくは、正論《せいろん》を返したんだ。正論《せいろん》しか返さなかった」

螢一《けいいち》は淡々《たんたん》と言った。かわききったかなしみみたいなものを、私《わたし》はその声に感じた。

「どうせわかってもらえないって。学ランは我慢《がまん》して、いつもみたいなかっこうは、休みの日とかにすればいいいんじゃないって……なにもわかってなかったんだ。ぼく」

こんなに近くにいたのに。

「螢一《けいいち》……」

私《わたし》は名前を呼《よ》んだ。だけど、その先は続かない。なんの言葉も見つからない。

螢一《けいいち》は続けた。

「だからさ、翔真《しょうま》は私立《しりつ》に行くことにしたんだと思う。長いことかかって、ぼくは翔真《しょうま》のこと、傷《きず》つけたんだって気づいた。そして決めたんだ。『ぼくもいっしょに闘《たたか》う』って」

たとえ、ちがう場所にいても。どれだけ離《はな》れていても。

「もう二度と、あいつの心をひとりぼっちになんか、しない」

私《わたし》の目から、また、涙《なみだ》がこぼれる。

だけどそれは、さっきまでの涙《なみだ》とは、まったくちがうもの。

「魚見くんのことは、ざんねんだったね」

螢一《けいいち》はぽりぽりと首のうしろをかいて、言った。

「だけど、それはきっと、知らないからだよ。翔真《しょうま》を。ぼくらが翔真《しょうま》といっしょに過《す》ごしてきた時間を、魚見くんはあいつなしで過《す》ごしてきた。そりゃあ、わからないよ」

肩《かた》をすくめて、螢一《けいいち》は続ける。

「そして、そういう人はきっと、世界中にいて。っていうか、世界中の大多数で、きっと翔真《しょうま》みたいな子は、そのせいでほんとうに生きづらいんだと思う。そういう世界をぼくたちは生きていくんだし、翔真《しょうま》たちも生きていかないといけない。だからさあ……」

螢一《けいいち》は私《わたし》のほうを見て、そっと笑った。

「変えようよ」

「変えよう、って？」

私《わたし》がたずねると、螢一《けいいち》はうなずいた。

「翔真《しょうま》がさ、もっともっと、笑って生きられるような世界に」

あいつが、だれかの視線《しせん》や言葉に、傷《きず》つけられないですむような、そんな世界。

いろいろな「すき」という気持ちや、ありかたが、ちゃんと尊重《そんちょう》されるような世界。

「それはさあ、翔真《しょうま》が大切だからとか、特別だからじゃないんだ。なにかをすきでいることは、人として生まれたからには、だれもが持っていてあたりまえの権利《けんり》なんだ。それを、他人がいいとか悪いとか、決めつけていいものじゃない」

だから、変えよう。

新しい世界を作ろう――ぼくたちは、翔真《しょうま》のことを知っているから。翔真《しょうま》みたいな子たちの力に、きっとなれるから。

「石川さんがいっしょに闘《たたか》ってくれたら、ぼくはとても心強いんだ」

その言葉に、私《わたし》はほほえむ。目元をぬぐって、螢一《けいいち》に右手を差しだす。

「約束するよ。私《わたし》もいっしょに闘《たたか》う」

その『新しい世界』ってやつを、私《わたし》も見てみたいから。

螢一《けいいち》はうなずいた。右手をズボンでごしごしとぬぐうと、私《わたし》と握手《あくしゅ》を交《か》わした。

それから、螢一《けいいち》は学校のあたりまで、私《わたし》を送ってくれた。

私《わたし》の家は学区の反対側だから。

「翔真《しょうま》には、なにも言わないで。今日のこと。いつか、自分で話すから」

螢一《けいいち》はうなずいた。「わかってますとも」

手をふって別れて、ひとり、暗くなりはじめた道を歩く。

ぽこん、とスマホが鳴る音。見ると、翔真《しょうま》からのメッセージだった。

翔真《しょうま》：どうだった？

私《わたし》はくすんと笑って、画面に指を走らせる。

瑠璃《るり》：あんなやつ、ふってやった。

それに続けて、私《わたし》はスタンプを送った。黒ネコが、べーって舌《した》を出してるやつ。

既読《きどく》はすぐについた。それから、すぐに電話がかかってきた。

私《わたし》はためらった。出ようかどうかまよったけれど、だからって無視《むし》するわけにもいかない。深呼吸《しんこきゅう》をひとつして、通話ボタンをタップした。

「もしもし？」

「瑠璃《るり》、だいじょうぶか？」

翔真《しょうま》の声は、びっくりするくらいシリアスで、私《わたし》は笑ってしまった。

「だいじょうぶだよ。たいしたことじゃ……」

「たいしたことじゃないなんて、そんなはずないだろ」

私《わたし》の言葉が終わらないうちに、翔真《しょうま》は強い口調で言った。

「だって、あんなにうれしそうだったじゃん。幸せそうだったじゃん。おれ、長いこといっしょにおまえといたけど、瑠璃《るり》のあんな顔、見たことなかったよ」

すん、とはなをすする音がして、私《わたし》はおどろく。

「翔真《しょうま》……泣いてるの？」

翔真《しょうま》はそれには答えなかった。ただ、熱のある口調で続けた。

「いやじゃん、そんなの。ひどいだろ。あんなに……おまえ、あんな顔してたのに、なのにうまくいかないなんて、そんなこと、あっていいはずないだろ……っ！」

それでも声はふるえていて、ところどころひっくりかえっていて。

「……翔真《しょうま》」

鼻のおくが、つんと痛《いた》んだ。だけど、私《わたし》は笑ってみせる。

「泣かないの。へんでしょ、あんたが泣くの」

だけど、翔真《しょうま》はきっぱりと言った。

「へんじゃねえよ。おれの大事な幼《おさな》なじみのことだ」

その言葉に、私《わたし》はなにも言えなくなる。

スマホのマイクを手でふさいで、ちいさくしゃくりあげた。

「あのとき言えなかったけど、おれもほんとうにうれしかったんだ。瑠璃《るり》が、幸せそうにしているのを見て。きっと、魚見ってやつは、ほんとうにいい人なんだろうなって、そう思ったんだ。そう思ったし……そう思えたことが、おれも幸せだった」

ああ。

そうだよね、翔真《しょうま》はこういうやつだ。ずっといっしょにいたから、知っている。

めちゃくちゃかわいくて、だれよりも強くて。

そして、ほんとうに友だち思いの、最高の幼《おさな》なじみ。

「……話したくないなら、いい。でも、おれはいつだって、おまえの味方だから」

私《わたし》はぎゅっと目をつぶって、涙《なみだ》をぬぐう。それから、明るい声を作って言った。

「うん、ありがとう、翔真《しょうま》」

顔をあげると、道のむこうを黒ネコが横切るのが見えた。

「あ……」

声をもらした私《わたし》のほうを、ネコはふりかえった。宝石《ほうせき》みたいに光る緑色の瞳《ひとみ》。だけど、黒ネコはすぐにそっぽを向いて、そのままどこかへと走り去っていった。

「どうした？」

「ううん、なんでもない。黒ネコがね、前を横切っていったの」

すると、翔真《しょうま》はちいさく笑った。「幸先《さいさき》がいいじゃないか」

「え？　縁起《えんぎ》が悪いんじゃなくって？」

私《わたし》がたずねると、翔真《しょうま》は教えてくれた。

「外国では魔女《まじょ》の使いとか言われてるけどな、日本ではもともと黒ネコは福猫《ふくねこ》だよ」

だから、これからきっといいことがあるぜ。

翔真《しょうま》はそう言った。そうだといいな、と私《わたし》は思った。


次に塾《じゅく》に行ったとき、私《わたし》はいつもとはちがう席にすわった。

魚見くんのとなりには、もうすわりたくなかったから。

だけど、授業《じゅぎょう》が終わったあと、魚見くんは私《わたし》のところに来た。気まずそうな顔で。

「ごめん、ちょっとだけ、話せない？」

私《わたし》は首を横にふった。「話すことなんか、ないよ」

「おれには、あるんだ」

魚見くんは食いさがった。私《わたし》はため息をついて、たずねる。

「なに？」

「このまえは、ごめん」

魚見くんはそう言って、深々と頭をさげた。

だけど、私《わたし》はゆるさない。かんたんにゆるしてなんか、やらない。

「なにが、悪かったと思って、なにに対して謝《あやま》っているの？」

「きみの友だちに、失礼なことを言った」

魚見くんは顔をあげて、私《わたし》をまっすぐに見た。

「兄さんと話したんだ。おれも、混乱《こんらん》して。今まで、その、きみの友だちみたいな人に、会ったことなかったし、なにも知らなかったから」

「だろうね」

「でも、そんなのおかしなことじゃないって、兄さんは言った。おれ、なっとくできなかった。やっぱり、男子がスカートとかへんだって、そう思ったし……だけど」

そこまできて、魚見くんはだまりこむ。私《わたし》はなにも言わずに、言葉の続きを待った。

「このまえ、パワーストーンの話をしたよね。占《うらな》いとか、おれは信じてないって」

私《わたし》はうなずく。「覚えてるよ」

――でも……きっと、そうやって石に意味をつけて、物語を作った人は、そうするだけの理由があったんだろうって、思うんだ。だから、否定《ひてい》もしたくない。

そんなふうに、魚見くんは言ったんだった。

「それとさ、いっしょじゃん、って」

「いっしょ？」

私《わたし》が聞きかえすと、魚見くんはうなずいた。

「きっと、その子にも、そうするだけの理由があるんだって。おれが理解《りかい》できなくても、そんなの関係ないんだ。それを否定《ひてい》しちゃいけなかった」

私《わたし》は歯を食いしばった。涙《なみだ》がこぼれないように。

うれし涙《なみだ》？　魚見くんが、翔真《しょうま》のこと受け入れてくれたから？

どうだろう。わからない。

ただ、胸《むね》のおくが熱かった。燃《も》えているみたいに、光っているみたいに。

「だから、謝《あやま》りたかった。おれがまちがってた。おれに、その子のこと、へんとか、おかしいとか、言う権利《けんり》ない」

「……そ」

私《わたし》はそれだけ言った。魚見くんはうなずいた。

「ゆるしてくれなくていいよ。でも、おれ、やっぱり石川さんのこと、すきだから。きみの大切なものを、大切な人を、おなじように大切にできるように、なりたい」

その言葉は、ほんとうに飛びあがるほどうれしくて――だけど、私《わたし》は首を横にふる。

なぜなら、私《わたし》は決めたから。いっしょに闘《たたか》うって、約束《やくそく》したから。

翔真《しょうま》のために。あいつがもっと幸せに生きられる、そんな世界のために。

「私《わたし》が大切に思ってるから、大切なんじゃないよ」

「え？」

「私《わたし》や、魚見くんが、大切だと思うから、大切なんじゃない。翔真《しょうま》は翔真《しょうま》なの。私《わたし》たちが認《みと》めるから、そうあっていいわけじゃない。理由があってもなくても、それを他人がジャッジしちゃいけない。そんなの、傲慢《ごうまん》だよ」

そう、螢一《けいいち》の言葉で、私《わたし》は気づいたんだ。

だれがなんと言おうと、関係ない。翔真《しょうま》は、ただそのままでいい。ありのまま幸せになっていい。その生き方に、もんくを言っていい人なんて、ひとりもいない。

ふるえる声で、私《わたし》は続ける。

「だれだって、そうだよ。大切でも、大切じゃなくても、だれかのすきな人でも、みんなにきらわれていても、理由なんかあってもなくても、関係ない。なにも特別な話じゃない。だれだってそのままで、かけがえのない人なんだよ」

みんなみんな、その人のままで、あたりまえに幸せになるべきなんだよ。

魚見くんはだまりこんだ。むっとさせたのかもしれない。

それでも、私《わたし》は退《ひ》かなかった。魚見くんのこと、今でもやっぱりすきだ。でも、だけど、だからこそ、妥協《だきょう》しちゃいけないって、そう思った。

すきだからこそ、大切な人だからこそ、私《わたし》は立ち向かわないといけない。

沈黙《ちんもく》があった。

しばらくして、魚見くんは、ポケットからなにかちいさな紙袋《かみぶくろ》を手わたした。

「これ、あげる。開けてみて」

私《わたし》はまよったけれど、受けとった。

そこに入っていたのは、薄紅色《うすべにいろ》をした石の玉が連なったブレスレット……。

「紅水晶《べにすいしょう》――ローズクォーツ。石言葉は『真実の美』って言うんだって」

魚見くんは、やさしい声で言った。

「よかったら、その子にわたして」

私《わたし》は顔をあげた。魚見くんはさびしそうな顔で、それでもほほえんでいた。

「ほんとうにごめん。じゃ、それだけ」

そう言って、魚見くんは踵《きびす》を返す。歩いていくその背中《せなか》に、私《わたし》は声をかけた。

「ねえ」

魚見くんはふりかえる。私《わたし》はたずねた。

「キャッチボールとか、すき？」

「……なんで？」

「今度、いっしょにしようよ。いつも、翔真《しょうま》と螢一《けいいち》と、三人でしてるんだ」

「いいの？」

おそるおそる、といった感じで魚見くんは言う。私《わたし》は笑った。

「友だちになってよ、あいつの。そうしてくれたら、私《わたし》はとってもうれしい」

きっとさ、なかよくできると思うんだ。

いっしょに過《す》ごせば、なんだかんだわかりあえるって、そう思うんだ。

知らないから生まれる偏見《へんけん》なら、知ることで変わるんだって、私《わたし》は信じたい。

だから、私《わたし》の初恋《はつこい》は――。

「……うん、楽しみにしてるよ」

魚見くんはそう言って、にっこりした。

――きっと、新しい世界への、はじめの一歩。

バカナタの言うとおり

小学六年生の夏、クラスメイトのひとりが亡《な》くなった。

となり町の山にひとりでのぼって、崖《がけ》から滑落《かつらく》したらしい。

クラスメイトであって、友だちではない。「友だち」という言葉を使う資格《しかく》が、あたしにはない。あの子が死んだとき、いくら何日も泣いたからって、ずっとずっとあの子のことを考えているからって、そして、どれだけあの子にしてきたことを、後悔《こうかい》しているからって、そのことは変わらない。

あの子はあたしのクラスメイト。友だちではない。

あの子はぜったいに、あたしのことを友だちだなんて思っていなかった。

「だってさ、だってさ。佑実《ゆうみ》、いじわるだもん。きらい」

いつだって、あの子はそう言ってた。

あたしはあの子の「お世話係」だった。だれかに頼《たの》まれたわけじゃない。自分でそういうことにした。ちょっとこまった感じの子を、いつもフォローしてあげているしっかり者。

そう思われるために、あたしはあの子を利用していた。

遠野香奈多《とおのかなた》――それがあの子の名前。

あたしはあの子をしかるとき、あの子のことを「バカナタ」と呼《よ》んだ。

すこしでもおかしなことをしたら、目ざとく見つけて。

ほんとうにどうでもいいようなちいさなミスをあげつらって。

「こら、いいかげんにしろバカナタ」って。

あの子は、きっと今でもあたしのことをうらんでいる。ぜったいに。


それから一年半がたった。

中学一年のあたしは、すこしでも、あのころよりましな人間であろうと、努力している。

香奈多にしてきたことを、十字架《じゅうじか》のように背負《せお》って、それでも、母がくれた『佑実《ゆうみ》』という名前に、そこにこめられた「だれかを助けることができるように」という願いに、はじない人間であろうと、している。

自分のためじゃなくて、だれかのために。自分の気持ちのためじゃなくて、だれかの気持ちのためにと、そう考えられる人間になりたいと思っている。

思っている時点で、それは自分の気持ちなのだけれど、それでも。

あたしがクラス委員に立候補《りっこうほ》したのも、そのことがきっかけだ。

そう、あたしは一年B組のクラス委員をしている。

もうひとりのクラス委員は男子で、すこしおっちょこちょいだ。

よくケアレスミスをしていて、あたしはそのフォローをしている。

「ごめん、またやっちゃって」

その子はそう言って、気まずそうに笑う。

そのたびにあたしは、「だいじょうぶ、こんなのなんでもないよ」と返す。

そうだ。なんでもない。だれだってミスをするし、だれだって、得意《とくい》なことと苦手なことがある。あたしはあたしにできることをしているだけ。それがだれかの助けになったとしたら、幸せなことだけれど、べつにあたしがえらいわけじゃない。たまたまだ。

だから、言う。「こんなのなんでもないよ」って。

すると、その子はすごくうれしそうな顔をするのだ。

「そう言ってくれるの、横田《よこた》さんだけだよ」って。

そのやりとりは、もはやお決まりになっていて、でも、そのやりとりが、あたしにはとても心地《ここち》いい。

そして、その心地《ここち》よさを感じてしまう自分自身が、あたしはこわくてたまらない。

「おはよう、佑実《ゆうみ》」「おはよー」

朝、教室に着くと、ふたりの友人があいさつをくれた。

「律《りつ》、彰乃《あきの》。ふたりともおはよう」

学校かばんから教科書類をうつしているあたしのところに、ふたりはよってくる。

「今日さあ、佑実《ゆうみ》、部活くる？　クラス委員の仕事だっけ？」

お団子《だんご》ヘアの彰乃《あきの》がたずねる。あたしはうなずいた。

「そ。ほら、三年生を送る会の打ち合わせでさ」

「ふうん？」と、律《りつ》がにやにやする。

「がんばってね。お仕事。あと、それ以外も」

「やめてよ」

あたしはちいさく笑う。彰乃《あきの》がひそひそと言った。

「なんか、進展《しんてん》ないわけ？　進藤《しんどう》くんと」

「そんなんじゃないってば」

「ふたりで作業してるときさ、名前で呼《よ》んでみたら？　『一歩《かずほ》くん』って」

「うわ、それいい！」

小声で、だけどきゃあきゃあさわぐふたり。あたしは大げさにため息をついた。

「やめてやめて、もう。おこるからね」

「ええー」不服そうにほっぺたをふくらませる彰乃《あきの》。

「でもさあ、佑実《ゆうみ》」

律《りつ》が耳元に口をよせてくる。

「すきなんでしょ？　進藤《しんどう》くんのこと」

「やーめーてー！」

あたしはぺしぺしと、律《りつ》の背中《せなか》をたたいて笑う。律《りつ》と彰乃《あきの》も、黄色い声で笑う。

そうやって、三人で中学生女子らしいやりとりをしながら、あたしは罪悪感《ざいあくかん》でいっぱいになっている。笑っている自分の頭上から俯瞰《ふかん》するみたいに、あたしの意識《いしき》は切りはなされて、どこかひとごとみたいに、そのやりとりを感じている。

どう思うだろうね――あたしは自分に問いかける。

こんなに楽しそうにしているあたしを見たら、死んだ香奈多はどう思うだろうね。

チャイムが鳴った。はしゃいでいたふたりも「じゃね」と言って、自分の席にもどっていく。それに手をふって、窓際《まどぎわ》の席をちらりと見た。進藤《しんどう》くんはまだ来ていない。また遅《ち》刻《こく》かな。ときどきあるけど。

——すみません、寝《ね》ぼうしました。

ほんとうにもうしわけなさそうに、先生に謝《あやま》る顔が思《おも》い浮《う》かぶ。

——スマホのアラーム、十分おきに五回かけたんですけど、朝、弱くて……。

それに対し、石原《いしはら》先生はいつも、こんなふうに言う。

——まったく、クラス委員なんだから、しっかりしなさいよ。

でも、進藤《しんどう》くんは自分から立候補《りっこうほ》したわけじゃない。ふざけた男子たちが推薦《すいせん》したら、いろいろな子たちが悪ノリして、結果的に選ばれてしまっただけ。

物思いにふけっているあたしの耳に、石原先生の声が聞こえた。

「はい、席について」

そう言って、教室に入ってくる。

「みんな席ついてるじゃん」

「いや、進藤《しんどう》がいないけど」

「また遅刻《ちこく》だろ。いつものやつだよ」

みんな、口々に勝手なことを言っている。

「アラームは今日も勝てなかったか。だれかモーニングコールしてやれよ」

だれかのその言葉に、朝、進藤《しんどう》くんに電話をする自分のことを妄想《もうそう》しそうになった。

太ももをつねる。

「ああ、そのことだが……」

先生がまじめな顔で言った。

「進藤《しんどう》、今日は欠席。昨日の夜、事故《じこ》にあったらしい」

教室がざわめく。

「しずかにしなさい。命に別状《べつじょう》はない。自転車で走っていたところに、車が来て」

「はねられたんですか？」

ふだん、ほとんどしゃべらない今井《いまい》さんの声。そっちをふりかえると、今井さんは先生をまっすぐに見つめていた。すこし、緊張《きんちょう》しているようにも見える表情《ひょうじょう》だった。

先生は今井さんが質問《しつもん》したことにおどろいたみたいだけど、首を横にふった。

「いや、ちがうちがう。車をよけようとして、転んだそうだ」

「なんだよ、びっくりさせんなよなー」

ひとりの男子が言う。教室に、安堵《あんど》の雰囲気《ふんいき》が広がる。あたしも、ちいさく息をついた。

よかった、大きな事故《じこ》じゃなくて。いや、よくはないけど。

「だけど、それで左手をついたときに、ひびが入ったらしい」

あたしは息をのむ。

「骨折《こっせつ》じゃん！」

「なにやってんだよ進藤《しんどう》。だっせぇ」

「そういうこと言わない！」

またさわがしくなりはじめたクラスをなだめてから、先生は言った。

「左手だけじゃなく、体も打っているから、しばらく検査《けんさ》入院だそうだが、すぐにもどってくる。みんなでフォローしていこうな。じゃあ、起立！」

がたがたと、思い思いに立ちあがって、あたしたちは礼をする。

「はい、それじゃあ、出席を取ります」

石原先生は言った。

あたしはぼんやりと、進藤《しんどう》くんのことを考えた。

お見舞《みま》いに行くのは不自然だろうか。でも、おなじクラス委員だし……。

ほら、今日の分のノートをコピーとか、配布《はいふ》されたプリントとかとどけたりしないといけないし。だれかがやらなきゃいけないんだったら、たぶん、あたしの役目だろう。

なにか、お菓子《かし》とか持っていこうか。差し入れ。進藤《しんどう》くんがすきそうなやつ。あの子、まえにチョコレートがすきだって、言ってたっけ。

ふっと、黒板の日付を見る。

二月十二日（月）。そうだ、あさっては――。

そこまで考えて、あたしのなかで、もうひとりの自分がささやく。


――香奈多はどう思うだろうね。

――そんな楽しそうにしちゃって、死んだ香奈多は、どう思うだろうね。


ふわふわしていた気持ちが、冷や水をかけられたみたいに、ひゅっとちぢむ。

そうだ。調子に乗っちゃいけない。だいたい、進藤《しんどう》くんがケガしてるのに、なにをうかれてるんだ、あたし。

こっそりと、あたしはふりかえって、今井さんのほうを見る。

ぼんやりした顔で、遠くを見る目をして、今井さんはなにかを考えている。

今井さん――今井瑚子《ここ》。

おなじ藤浜中《ふじはまちゅう》の一年B組だけど、小学校はべつべつ。あたしは藤浜《ふじはま》小学校、今井さんはとなりの学区の新森《にいもり》小学校から来た。今井さんは、遠野香奈多の親友だった子だ。小学校はちがうけれど、よく、遊んでいたのだそう。

あたしも、あのころ、香奈多から聞いていた。

「ぼくさぼくさ、友だちができたんだ。瑚子《ここ》ちゃんっていうの。今井瑚子《ここ》」

「佑実《ゆうみ》みたいに、いじわるじゃないんだ。いっしょに、黒ネコのおはなしを作ってるんだ。瑚子《ここ》ちゃんは、ぼくが話すこと、ちゃんと聞いてくれるんだ」

でも、香奈多は死んだ。

あたしは香奈多のお葬式《そうしき》のときに、はじめて今井さんの顔を知った。そのときは、話をすることができなかった。

中学にあがり、あたしたちは、おなじクラスになった。今井さんは、すこしぼんやりした子で、あたしはこっそりと気にかけていた。

とくに親しくはならないまま、ちょくちょく、なんでもないような会話をして。

だけど、ほんとうに大切なことについては、ずっと話せずにいた。


「ちょっと、いい?」

休み時間、今井さんがあたしのところに来て言った。めずらしいことだった。

「いいよ、どうしたの?」

「話がある。あんまり……他人には、聞かれたく、ない」

今井さんの言葉に、あたしはなんとなく察する。あたしたちは、ないしょ話のできるところに行った。ひと気のない北校舎《こうしゃ》のトイレ。

「で、今井さん、どうしたの?　なんの話?」

「……横田さん、もしかして、元気、ない?」

今井さん、眠《ねむ》そうな目でじっとあたしを見て、たずねた。あたしは笑ってしまう。

「そう見える?　ぜんぜんそんなことないよ」

「そ……なら、いい」

肩《かた》をすくめる今井さん。そうして、さっきから大事そうに抱《かか》えていたものを、差しだした。それは、一冊《さつ》のノートだった。

「あ……『ドコカの物語』？」

願いをかなえる魔法《まほう》の液体《えきたい》「虹《にじ》のしずく」を探《さが》す夢渡《ゆめわた》りのネコ、ドコカ。

そんな物語を書いているって、まえに聞いていた。

「そう。香奈多と、いっしょにずっと……作ってたおはなし。完成、した」

横田さんに、読んで、ほしい——今井さんはそう言った。

「あたし、に？」

「うん……うん。きっと、ここには、香奈多の……あの子の、気持ちのかけらが、ある」

「気持ちのかけら……？」

あたしがくりかえすと、今井さんはうなずいた。

「物語は、人の、気持ちから……生まれると、思う。これは、わたしが香奈多と、いっしょに考えた……ううん、見つけた、物語、だから」

今井さんは、ぼそぼそと、言葉を探《さが》すようにしながら、そう言った。

「受けとってほしい、このまえの、お礼」

「お礼を言われるようなことなんて、してないよ」

あたしは言った。でも、今井さんは首を横にふる。

「夏休みのあと、わたしの話を、聞いてくれた。そして、わたしの知らない、香奈多の話をして、くれた」

おずおずと、あたしはたずねる。「ほんとうに、読んでいいの？」

「感想も、ほしい」

「でも……」

——死んじゃった香奈多だったら、どう思うかな。

——あたしが今井さんとなかよくしているのを見て、なんて思うかな。

あたしは首を横にふった。

「香奈多に悪いよ。これは、あなたたちふたりの物語でしょ？　それに……」

ちょっとだけためらったあと、あたしはちょっぴりおどけて、言った。

「死んじゃった香奈多は、あたしになんか読まれたくないと思うよ」

すると、今井さんはまっすぐあたしを見つめた。

「……そう、思う？」

「うん。ってか、ぜったいそう。香奈多、あたしのこと、きらいだったし」

今井さんはだまりこんだ。あたしはもうしわけない気持ちになった。

「ごめん」

あたしは頭をさげた。「せっかくなのに、なんか、いやな空気にしちゃって……」

「横田さん」

だけど、今井さんはあたしの言葉をさえぎった。

「もしかして、わたし……横田さんに、悪いこと……言った？　気にして、る？」

今井さんは真剣《しんけん》な顔でたずねた。

「ほら、あのとき話した、こと」

あたしはその言葉に、二学期のはじめ、今井さんと話したときのことを思いだす。

■●♥▮

「横田さん、香奈多の、話をしよう」

始業式の日の放課後。今井さんはあたしにそう言った。

あたしは正直、びっくりした。だけど、自分がその言葉をずっと待っていたんだって、そのことにも気づいた。

夏休み、あたしはひさしぶりに、香奈多のお母さんに会った。そして、今井さんと連絡《れんらく》を取りたいって香奈多のお母さんから聞いたあたしは、今井さんに電話をかけたんだ。そのあとになにがあったのかは、よく知らない。だけど、どうやら今井さんは、香奈多のお母さんに会いに行ったらしい。そこで、なにか心境《しんきょう》の変化みたいなものがあったんだと思う。だからあたしに声をかけてきたんだろう。

あたしたちはおしゃべりした。香奈多のことを。

今井さんの知っている香奈多のことと、あたしの知っている香奈多のこと。それから、香奈多と今井さんが作っていたという『ドコカの物語』のことを。

今井さんと話すのは楽しかった。

ああ、そうだった――香奈多って、そういう子だった。

いろいろなことを思いだして、自分の知らなかったあの子のようすを知って、すごくすごくなつかしくて、胸《むね》のおくが熱くなった。そして気づいたんだ。

あたしは香奈多のことが、わりとすきだったんだ……って。

お世話係とか言って、バカナタなんて呼《よ》んで。自分がしっかりした子に思われるために、さんざん利用しておいて。香奈多のほうはあたしのこと、ぜったいにきらっていたって、そう思うけれど。それでも、あたしは香奈多のことがきらいじゃなかった。

そう気づけたことが、あたしにとって、なによりも大きなことだった。

「ありがとう、今井さん」

あたしは言った。

「あたし、ずっと忘《わす》れてた。あたしが、香奈多のことをどう思っていたかって。ずっと、罪悪感《ざいあくかん》しか、なかったから。あの子の思い出に対して」

でも、こうやって話してみて、思いだすことができた。

「だから、ありがとう」

「うん……べつに」

今井さんはいつもどおり眠《ねむ》そうだったけど、ちょっぴり照れているみたいだった。

「まあ、とか言って、香奈多のほうは、あたしのことうらんでると思うけどね。はら、あたし、いじわるだったから。実際《じっさい》に、そう言われたし」

ちいさく笑ってそうつけ加えると、今井さんは考えるような表情《ひょうじょう》をした。

そして、こんなことを言いだした。

「横田さんのなかの香奈多は、そう言う？　横田さんのこと、いじわるだって」

あたしのなかの香奈多？

不思議に思っていると、今井さんは言った。

「ん……わたし、よく考える。香奈多だったら、どう思うだろう。あの子だったら、なんて、なんて言うだろう……って」

もしも、あの子が生きていたら。

つぶやくように、ささやくように、そう言う今井さん。その表情《ひょうじょう》はおごそかで、まるで神聖《しんせい》な像《ぞう》かなにかのようで、それに気圧《けお》されたあたしはなにも言えない。

「きっと、そうやって『もしもの世界の香奈多』を、想像《そうぞう》できるのは、わたしのなかに、生きていた香奈多からもらった思い出が、いっぱいあるから……その思い出が連れてってくれる。『もしもの世界の香奈多』のところへ」

その『もしも』は、わたしの心を映《うつ》した夢《ゆめ》で、わたしだけの物語。

わたしのなかにいる、遠野香奈多。

「だから……横田さんも」

「あたしも?」

今井さんはうなずいた。

「考えて、みて。『香奈多だったら、どう思うかな』って。横田さんは、ほんとうに、そう思う? 香奈多は、今の横田さんを見ても、いじわるだって……そう言う?」

■●♥■

「横田さん?」

今井さんに呼《よ》びかけられ、あたしの意識《いしき》は、北校舎《こうしゃ》のトイレにもどってくる。

現在《げんざい》に、現実《げんじつ》に——今、ここにもどってくる。

あたしはちょっとだけ考えて、でも、首を横にふった。

「気にしてないよ。『香奈多だったら、どう思うか』ってやつでしょ。だいじょうぶ。今井さんの考えすぎだって」

それから、あたしはほほえむ。

「ノートのこと、ありがとう。そろそろ、もどろうか」

でも、今井さんは言った。

「横田さん、まだ、香奈多は自分のことうらんでるって、思ってるの？」

あたしは答えない。短い沈黙《ちんもく》のあと、今井さんは続けた。

「わたしには、わからない。横田さんと、香奈多の関係とか。横田さんにとっての、香奈多と、わたしにとっての香奈多は、おなじじゃないと、思う……から。でも」

それから、今井さんはノートをあたしの胸《むね》に押《お》しつけ、強い口調で言う。

「わたしは、ちがうと思う」

「……ちがうって？」

「香奈多、横田さんのこと、たしかにあんまりすきじゃなかったかもしれない。でも」

顔を真っ赤にして、今井さんは言った。

「自分のことを、そこまで思ってくれる友だちが、自分が死んだせいで、いつまでも苦しんでいてほしいなんて、あの子が思うはず、ぜったい、ない！」

チャイムが鳴る。あたしは、今井さんを見つめて、言った。

「今井さんは、知らないでしょ？　あたしと香奈多のこと」

「知らない。でも、横田さんが話してくれたから、わかる」

「わからないよ。香奈多がどれだけ、あたしのこと……」

今井さんは首を横にふる。そしてさけぶように言った。

「横田さんが！　どれだけ香奈多のことを、思ってたかは！　ちゃんとわかってる！」

そのまま、あたしにノートを押《お》しつけて、今井さんは走っていってしまった。

あたしはしばらくの間、動けなかった。ノートをじっと見つめて、ため息をついて、それからやっと、教室へと歩きだした。

次の授業《じゅぎょう》に、今井さんは来なかった。

でも、帰りのホームルームのころには、しれっともどってきて、「保健室《ほけんしつ》で、休んでました」なんて、先生に報告《ほうこく》していた。

ただ、その日はもう、あたしと話す気はないみたいだった。

こっちをちらりと見ただけで、そのまま、さっさと帰ってしまった。

今井さんの言うとおりだった。

あたしは、香奈多が自分をうらんでいるって、そう思っている。

「香奈多だったら、どう思うかな」……今井さんが言ったように、そう考えるたびに。

想像《そうぞう》の香奈多が、じっとこっちを見ているのを感じる。

それは、あたし自身の心から生まれた、あたしにしか見えない香奈多。

じっとじっと不満そうに、ふくれっつらで、あたしのことをにらんでいる。

あたしが楽しい気持ちでいるのを、よろこびを感じるのを、幸せになろうとするのを。

じっとじっとじっと——あの子は見ている。


放課後、三年生を送る会の打ち合わせがあった。あたしは一年B組の代表として出席した。それぞれのクラスで出た意見を発表し、三月の頭に行われる本番に向けて、行う企画《きかく》や、合唱する歌の候補《こうほ》なんかを話しあった。ほんとうは、進藤《しんどう》くんもいるはずだったけれど、今日はあたしひとり。

なんだか、集中できなかった。

今井さんとのやりとりは、あたしにかなり大きな衝撃《しょうげき》を与《あた》えていた。

——横田さんが！　どれだけ香奈多のことを、思ってたかは！　ちゃんとわかってる！

あのときの、今井さんらしからぬするどい声が、耳から離《はな》れない。

「横田さん？」

先生に呼《よ》ばれて、はっと顔をあげる。

「だいじょうぶ？　ぼんやりしていたけれど、体調悪い？」

あたしはぶんぶん首を横にふった。

「ごめんなさい、なんでもないです。だいじょうぶです」

「じゃあ、あの、一年B組の代表として、意見があったらほしいんだけど……」

気づけば、みんながこっちを見ている。あたしが発言する番だったみたいだ。あたしはあわあわしながら、持ってきたプリントを広げようとして、床《ゆか》に落としてしまった。

「おっとっと、落ちついて」

C組のクラス委員の子が、ひろってくれた。あたしは何度も謝《あやま》って、それからクラスでまとめてきた意見を話しはじめた。

「B組では、当日発表する曲について、『3月9日』を……」

顔が真っ赤になっているのが、自分でもわかった。はずかしかった。ふだんだったら、こんなことにはならない。むしろ、あたしがプリントをひろっているかもしれない。進藤《しんどう》くんが落としちゃったやつを。それで、進藤《しんどう》くんはふにゃっと笑って言うんだ。

「ごめんごめん。ありがと」

それで、あたしはいつものように返す。「こんなことなんでもないよ」って……。

——でもさ、でもさ、佑実《ゆうみ》さ。

なつかしい声が、頭のなかにひびいた。

——ぼくには、そんなふうにやさしく言ってくれたこと、一度もないよね。

「なので、B組は……」

ぽろっと涙《なみだ》がこぼれて、プリントの上にしたたる。

「横田さん？」

となりにいた子が、びっくりしたように言った。ほかの子たちもざわついて、あたしは首を横にふって、でも、それ以上、声がふるえて言葉にならない。異変《いへん》に気づいて、先生がかけよってくる。ぽろぽろ、涙《なみだ》が落ちて、あたしは……。

――ひどくない？　佑実《ゆうみ》。

あたしは……。

会議が終わったあと、先生になにがあったのか聞かれたのだけれど、あたしはうまく話せなかった。説明しなきゃいけないことが多すぎるし、正直、べつに説明したいとも思わない。したところでどうなるんだって気もする。

「ちょっと、最近眠《ねむ》れてなくて」

適当《てきとう》にそう言ったけれど、まあ、うそだってバレてるみたいだった。

テニス部の練習は休んだ。さすがに、そんなテンションじゃない。無理に部活に出ても、みんなに迷惑《めいわく》をかけることは目に見えていた。

とぼとぼ、通学路を歩く。自己嫌悪《じこけんお》がひどい。

「……ただいま」

家に着いたのと、ポケットのなかでスマホがふるえたのは、ほとんど同時だった。

「なによ、もう……」

ため息をついて、スマホを取りだす。

だけど、画面に表示された文字を見て、あたしは息をのむ。

着信　進藤一歩《しんどうかずほ》

しばらく、あたしはじっと、その画面を見つめていた。

進藤《しんどう》くんから、電話。通話ボタンをタップする指がふるえた。

「……もしもし？」

「あ、もしもし？　横田さん？」

進藤《しんどう》くんの声。どこかもうしわけなさそうな、とまどっているような、そんな声。

「ごめんね、今、話してもだいじょうぶ？」

「えっと、うん」

「あの、今日、会議の日だったよね。ほんとうにごめん。先生に聞いたかもだけど、昨日の夜、事故《じこ》っちゃって」

あたしはちいさくほほえむ。

「うん。知ってる。骨折《こっせつ》したって。だいじょうぶ？」

「んんん、まあまあ、けっこう痛《いた》かったし。でもほら、ぼく、うっかりしてるから」

そんなことないよ。

そう言おうとして、だけど言えなかった。

だって、香奈多には、そう言ってあげてなかったから。

なんだかんだいっしょにいながら、あたしはきっと、進藤《しんどう》くんの姿《すがた》に、香奈多のことを重ねていた。彼《かれ》のちいさなミスをフォローして、「なんてことないよ」って言うことで、あたしは香奈多にしてきたことを、打ち消そうとしていた。

そうだ。

きっとあたしは、香奈多にしてあげられなかったことを、進藤《しんどう》くんにすることで、ゆるされようとしていたんだ。ゆるしてほしいって、そう思っていたんだ。

――だれに？

だれにだろう。香奈多に？　それとも……。

「横田さん？」

不安そうな、進藤《しんどう》くんの声。

「ん、ごめん。ちょっと、つかれてて」

「そっか。そうだよね。ひとりで会議まかせちゃって。いや、でも、ぼくがいても、足をひっぱるだけだったかもしれないけど」

そう言って、進藤《しんどう》くんはちいさく笑った。

「……話って？」と、あたしはたずねる。

「あ、ああ。うん……そうね。ごめん。ちょっと、聞きたいことがあって」

なんだろう。

「横田さん、アレルギーとか、ある？」

「ないよ」

なんでそんなこと聞くんだろう、と思っていたら、進藤《しんどう》くんは言った。

「あまいもの、だいじょうぶ？」

あたしはだまりこんだ。一瞬《いっしゅん》のうちに、いろいろなことを考えてしまった。

あまいものに――今の季節の、あまいものに関する、いろいろなこと。

そして、すぐに、そんな妄想《もうそう》をした自分が、いやになった。

でも。

「えっと、あの、ごめん横田さん。いつも、横田さんにお世話になってるから、さ。お礼をしたくって。こんなの、電話で言う話じゃ、ないかも、だけど」

たくさんたくさん予防線《よぼうせん》を張《は》っているのが、そして、進藤《しんどう》くんがひどく緊張《きんちょう》しているのが、あたしにはわかった。

「あの、へんな意味にっていうか、いやだったらもうしわけないし、男子から女子っていうのも、あんまりないから、いや、そういう意味じゃなくて、うん、お礼。お礼だから、でもお礼なのになんでこのタイミングって、そう思うかもだけど……」

「うん……それで？」

あたしの声はふるえていた。電話のむこうで、大きく息をつく気配。

「チョコレート、わたしたいんだ。横田さんに」

胸《むね》のおくでなにかが光を放って、だけどすぐに、それは、真っ暗な雲につつまれる。

一瞬《いっしゅん》でも幸せを感じた自分が、ひどくはずかしかった。

だって、そんなのゆるされない。

すきな人に、チョコレートをもらうなんて。

あたしに、そんな幸せなことが、あっていいはず、ない。

「もらって、くれるかな……だめかな」

進藤《しんどう》くんは言った――いつもみたいに。自信なさそうに。

こまっているみたいな、とまどっているみたいな、そんな声で。

あたしは、はなをすすった。

「ごめん、進藤《しんどう》くん」

「……泣いてる？」

不安そうに、進藤《しんどう》くんがたずねる。あたしは言った。

「ごめん、ごめん。受けとれない。あたしに、そんな価値《かち》……ないよ……」

嗚咽《おえつ》まじりのあたしに、進藤《しんどう》くんはあわてたみたいだった。

「ど、どうしたの？　なにかあった？　ねえ！」

あたしはそのまま電話を切る。

そして、自分の部屋にかけこむと、ベッドにつっぷして、大きな声を出して泣いた。

枕《まくら》がしっかり涙《なみだ》を吸《す》って、ぐっしょりするくらいになるまで泣いて。

そのまま、いつの間にか、あたしは眠《ねむ》ってしまった。

■●♥■

はっと気づくと、そこは教室だった。
窓《まど》は開いていて、カーテンが風にゆれている。
セミの声に、空調の音。
あたしは自分の席にすわっていて、となりの席には、だれかがすわっている。
教室には、あたしたち、ふたりだけ。
その子はスカートから伸《の》びた足で、かたかたと貧乏《びんぼう》ゆすりをしていた。
かたかた、かたかた――小学生のころと、おなじように。
これは夢《ゆめ》だって、ちゃんとわかっていた。
その子の姿《すがた》は、なにも変わっていない。いや、すこし、背《せ》が伸《の》びていたかもしれない。
あたしとおなじ制服姿《せいふくすがた》。しかも夏服を着ている。

「あのさあ、佑実《ゆうみ》」

なつかしい、黒々とした大きな目で、あたしのことをじっと見ている。

「佑実《ゆうみ》、いじわるだよね」

むすっとした顔で香奈多は言った。

「ははっ」

あたしは笑ってるのか、泣いてるのか、よくわからない声を出した。

それから、あたしはそっと手を伸《の》ばして。香奈多の手を、つかんだ。

「……ごめん、香奈多」

あたしは言った。

「ほんとうにごめん。いじわるでごめん。ずっとずっと、利用してきてごめん。あんた、ほんとうはいい子なのに、あたしのせいで、あたしが、ずっと『お世話係』とか言って、世話を焼いて、いろんなささいなミスを、あげつらって……そのせいで、ずっとずっと、あんた、苦しかったと思う。ごめん、ごめん……」

あたしはぽろぽろ泣きながら、言った。

ごめん、ごめんねと、何度も何度も、くりかえした。

「やめてよ、佑実《ゆうみ》」

香奈多は言った。じっとあたしの顔を見つめて。

ぎゅっと、あたしの手をにぎって。

「ぼくさ、ぼくさ、悪いけどさ？　佑実《ゆうみ》の気持ち、助けてあげられないんだ」

どういうことだろう、と思っていると、香奈多は言った。

「佑実《ゆうみ》はさ、ぼくに、ゆるしてほしいんでしょ？」

「……うん」

そう……ゆるしてほしい。ゆるされたい。

「でもさ？　それはさ？　無理なんだ。できないんだ」

香奈多は言った。

「佑実《ゆうみ》がゆるしてほしいのは、去年の夏死んじゃった香奈多で、ぼくじゃない。ぼくは、きみのなかにいる香奈多だから。ぼくは、きみの心を映《うつ》した夢《ゆめ》だから」

きみが、きみ自身をゆるせないと、ぼくは、きみのことをゆるしてあげられない。

そんなふうに、香奈多は言った。

「でも……」

ゆるせるわけ、ないじゃん。

ずっと、あんたの気持ち、見ないようにしてきて。都合よく、利用してきて……。

香奈多はまっすぐにあたしを見て、言った。

「いいよ。いいんだよ。そうやって、自分がきらいだって気持ちに、このぼくをつきあわせても。そうやって、また、ぼくのことを使っても」

なにも言えないでいるあたしに、香奈多は続ける。

「いくらでも、ぼくは佑実《ゆうみ》に、きらいだって言ってあげるよ。ぼくは佑実《ゆうみ》の気持ちを、そのまま佑実《ゆうみ》に返す。それしかできない。でもさ、でもさ？　だけどさ？」

ぼくが死んでしまったことをさ、そうやって、自分を責《せ》め立《た》てることに使ってさ？

ぼくのことを、自分が幸せにならないための理由にするのは、さ？

「なんだろ……ひきょうじゃない？」

その言葉に、あたしは頬《ほお》をたたかれたようなショックをうけた。

香奈多はじっとじっと、あたしをにらむように見つめて。

それから、ふっとほほえんだ。

「むふふふふ。進藤《しんどう》くん、いい子だと思うな。佑実《ゆうみ》さ、それって幸せなんだよ?」

■●♥▮

目が覚《さ》めた。

部屋はすっかり暗くなっていて、でも、涙《なみだ》はまだ止まっていなかった。

あたしは大きくしゃくりあげて、嗚咽《おえつ》とともに、つぶやく。

「……うっさいよ、バカナタっ」

ぼろぼろと涙《なみだ》をこぼし、それから、ティッシュではなをかんだ。

わかってる。

これはぜんぶぜんぶ、あたしの心が見せた、あたしにとって都合のいい夢《ゆめ》だって。

でも、きっと、今井さんだったら、ちがうことを思うだろう。

あたしのなかにある香奈多の思い出が、べつの世界の……『もしもの世界』のあの子のところに、連れていってくれたんだって。

ほんとうのところはわからない。たしかめようもない。だけど……。

「バカナタの言うとおり……あたし、ひきょうだ」


顔をあげると、床《ゆか》に放りだされたままの学校かばんが目に入った。

あたしは目をぐじぐじとこする。そして、かばんのなかからノートを取りだした。

今井さんが押《お》しつけていった、『ドコカの物語』——香奈多の気持ちのかけら。

大きく息をついて、あたしはそのページをめくる。


黒ネコのドコカは、夢渡《ゆめわた》りだ。

眠《ねむ》りのなかで旅をして、いろいろな世界を渡《わた》る存在。

そうして、ドコカは探《さが》している。

虹《にじ》のしずく——どんな願いをもかなえる、まぼろしの液体《えきたい》を。

一面の砂漠《さばく》。南の島。森の奥地《おくち》の遺跡《いせき》。摩天楼《まてんろう》の街。海賊船《かいぞくせん》。黄金の都……。

そうやって、さまざまな世界を旅して。

そして、ドコカは、たくさんの「ひとりぼっち」に出会う。

なぜなら、虹《にじ》のしずくは、「ひとりぼっち」の前にしか、現《あらわ》れないから。

そして……。


最後まで読んだとき。

あたしはため息とともに、虹《にじ》のしずくの正体を知った。


二月十四日。

あたしは、進藤《しんどう》くんのお見舞《みま》いに、病院に来ていた。

もう、明日には退院《たいいん》できるらしい。しばらくギプスは取れないみたいだけれど。

看護師《かんごし》さんにあいさつして、病室に入ると、進藤《しんどう》くんは眠《ねむ》っていた。

サイドテーブルにある、チョコレートのお店の紙袋《かみぶくろ》。

あのあと、ラインで聞いた。事故《じこ》にあった夜、進藤《しんどう》くんは自転車で、チョコレートを買いに行っていたらしい。「正直、ちょっとうかれてました」だって。

ばかだなあとあたしは思う。バカナタよりも、ずっとばか。

いすに腰《こし》かけて、しばらく、寝顔《ねがお》に見入る。

「う、うん？」

寝《ね》ぼけまなこであたしを見て、それから飛び起きる進藤《しんどう》くん。

「え、え、ええぇ？」

きょろきょろしている。

「おはよう、進藤《しんどう》くん」

「お、おはよう」

そう言って、しきりに髪《かみ》をさわる。寝《ね》ぐせを直そうとしているみたい。

「お見舞《みま》いに来たよ。だいじょうぶ？　まだ、手は痛《いた》む？」

「え、えっと、うん。まあ、しばらくは……」

それから、進藤《しんどう》くんはサイドテーブルの上を見て、あわてたようだった。

「あ、あっと。あの、ですね……」

チョコレートのお店の紙袋《かみぶくろ》を隠《かく》そうとして、でも、左手のギプスのせいで、うまく動けないみたいだ。あわあわしながら、ベッドから立ちあがろうとする。

あたしは笑った。「それ、もらっていいの？」

進藤《しんどう》くんは、目をまるくして、あたしのほうを見る。

「……受け取って、くれるなら」

「ただでは、いやだな」

あたしの言葉に、進藤《しんどう》くんはぽかんと口を開けて。

でも、急にまじめな顔をして、言う。

「ぼくにできることがあったら、なんでもするよ」

寝《ね》ぐせのついた頭のままだけど。そういうところなんだよな。

あたしは肩《かた》をすくめる。

それからトートバッグを開けると、なかからラッピングされた箱を取りだした。

「はい、これ」

そう言って、進藤《しんどう》くんのほうに差しだす。

「え？」

「交換《こうかん》、ね。あたしのも、受けとって」

ぼう然と、まばたきする進藤《しんどう》くん。あたしの脳裏《のうり》に、香奈多の声がする。

——佑実《ゆうみ》、ぼくにはチョコレートなんか、くれたことないよね。

あんたになんか、あげないよ——あたしは心のなかで舌《した》を出す。

だって、あんた、あたしからのチョコレートなんか、ほしくないでしょ?

——むふふ、むふふふふ。そうだね。

あたしはちいさくほほえんで、言った。

「あなたのことがすきだよ」

進藤《しんどう》くんは口をぱくぱくさせて、それから、はずかしそうに笑った。

■●♥■

今井さんが貸《か》してくれたノートの最後には、こうあった。

それを書《か》き添《そ》えて、あたしの物語のおわりとする。

——人はみな、だれもが究極的《きゅうきょくてき》には『ひとりぼっち』で、だれかと、つまり他者と出会いたいと、そう思っている。その願いをかなえる『虹《にじ》のしずく』は、ようするに、それぞれが人生で出会うもの、すべてなのだ。

だれか、心のそこから大切だと思える存在《そんざい》と出会うことこそ、希望であり、よろこびであり、光であり……。

きっと人はそれを『幸せ』と呼《よ》ぶのだろう。

あかずきんちゃんを さがして

今年のバレンタインデーは日曜日だった。

だからいつもみたいに友梨佳《ゆりか》や愛奈《あいな》たちと、学校で友チョコを交換《こうかん》したりとかはできない。ざんねんだけど、それをチャラにするくらいに、すてきなことが起こった。

雪だ。

昨日の夕方から降《ふ》りだしたそれは、夜の間ずっと降《ふ》り続《つづ》いて、朝には二十センチくらい積もっていた。この地域《ちいき》ではとてもめずらしいことだった。雪なんか、めったに降《ふ》らないし、降《ふ》ったとしても積もることなく、すぐに解《と》けて消えてしまう。

私《わたし》の家は児童公園のとなりにある。

朝起きて、真っ白に染《そ》まった公園の広場を窓《まど》から見おろした。お母さんらしき女の人といっしょに、ちいさな女の子が遊んでいる。けらけらと笑うその子の、赤いジャンパーのフードを目にして、私《わたし》は午後、行政《ぎょうせい》センターに行こうと決めた。

行政《ぎょうせい》センターの二階の図書館。そして、おなじ階に秋ごろからできたフリースペース。市の青少年支援《しえん》事業の一環《いっかん》で設置《せっち》されたらしいその場所は、『スイートスポット』と名前がついている。たぶん、地名である甘縄《あまなわ》の「甘《あま》」という字が由来なんだろう。

勉強したり、作業したり、読書したり、自由に使っていい、そんな場所。

私《わたし》がそこに向かう理由は、朱理《あかり》に会いに行くためだ。

朱理《あかり》――染岡朱理《そめおかあかり》。

いつも赤いフードつきのパーカーを着ている、小学一年生からのクラスメイト。むかしはよく自分のことを「あかずきんちゃん」と言っていて、だけど私《わたし》はいじわるだから、略《りゃく》して「あかちゃん」って呼《よ》んでいた。

身長百六十センチ以上ある私《わたし》とちがって、背《せ》のちいさい、まるで妖精《ようせい》みたいな女の子であるあの子のことが、私《わたし》は幼《おさな》いころからだいすきだった。朱理《あかり》は喜怒哀楽《きどあいらく》がはっきりしていて、表情《ひょうじょう》がゆたかで、小動物みたいなかわいさがある、子どもらしい子どもだった。

私《わたし》たちは、ずっといっしょに過《す》ごしていくんだって、そう思いこんでいた。

だけど、それはまちがいだった。

六年生の四月、転校してきたひとりの女の子と、朱理《あかり》は友だちになった。

中村理緒《なかむらりお》――髪《かみ》を大きなリボンでかざった女の子。

おとなしくて、聞き上手で、まるで私《わたし》とは正反対の性格《せいかく》のあの子を、朱理《あかり》はすぐにだいすきになった。四六時中、朱理《あかり》は中村さんといっしょにいるようになって、だんだんと、私《わたし》たち（私《わたし》や友梨佳《ゆりか》や愛奈）といっしょに過《す》ごす時間が少なくなっていった。

来月には、私《わたし》たちは甘縄《あまなわ》小学校を卒業する。

朱理《あかり》と私《わたし》は、今や、ほとんどと言っていいほど会話をしていない。二学期の半ばくらいからかな、私《わたし》たちの間には大きな距離《きょり》ができてしまっていた。

ただ、それでも、私《わたし》はあの子と話がしたかった。できることなら、もう一度友だちになりたかった。そんな願いをこめて、私《わたし》は今日も運だめしのように、スイートスポットをおとずれる。あの子はそこで物語を書いている。

もし、朱理《あかり》がひとりでそこにいたら、今度こそ話しかけよう。三学期になって、そう決意した私《わたし》は、何度も何度も、その場所をおとずれた。

私《わたし》の願いは、だけど今のところかなっていない。

たいていの場合、朱理《あかり》は中村さんといっしょにいる。ふたりで楽しそうに、物語について話したり、ノートになにかを書いたり、している。

私《わたし》はいつも、その姿《すがた》を遠くから盗《ぬす》み見《み》て、こっそりと逃《に》げ帰《かえ》るのだ。

お昼に、おばあちゃんの作ったきつねうどんを食べたあと。

私《わたし》は「ちょっと図書館まで行ってくる」と言った。

「宿題は終わっているんでしょうね」

おばあちゃんはいろいろときびしい。いやになるくらいに。

「土曜日のうちに、ちゃんとぜんぶ終わらせたよ」

「よろしい。じゃあ、門限《もんげん》を守るようにね」

私《わたし》はため息をついて、はいはいと答えた。最初はスニーカーをはこうとしたのだけど、雪にうまってびしょびしょになるとまずいと思って、長ぐつにかえた。

「行ってきます」と言って、私《わたし》は家を出た。

サクサクと雪をふみ、くもり空の下、私《わたし》は白い息をはく。

住宅街《じゅうたくがい》を学校のほうへ歩いて、正門の前を通過《つうか》、ヤマカワマークットの駐車場《ちゅうしゃじょう》を通り抜《ぬ》ける。そのまま路地を進むと、甘縄《あまなわ》小学校のプール（うちの小学校のプールは、学校の敷《しき》地《ち》の外にあるんだ）の先に、行政《ぎょうせい》センターはある。

ところどころに、だれかが作ったちいさな雪だるま。車のボンネットに積もった雪。ガラス窓《まど》の上をなぞった指のあと。稼働《かどう》していない噴水《ふんすい》を横目に見ながら、エントランスへ。ガラスの自動ドアを通り抜《ぬ》けて、階段《かいだん》をのぼる。

ろうかから窓越《まどご》しに、図書館をのぞく。朱理《あかり》は来てないみたい。

そのまま進んで、スイートスポットのほうへ。パーテーションで区切られた空間に、机《つくえ》といすが並《なら》んでいる。

しかし、そこにも朱理《あかり》の姿《すがた》はなかった。

私《わたし》はちいさくため息をついた。なんだ、今日もはずれだったか。

ざんねんなような、でもホッとしたような。

そこにはひとりだけ、中学生か高校生くらいのお姉さんがいて、しずしずと勉強をしていた。三《み》つ編《あ》みのおさげに、お月さまみたいな金縁《きんぶち》の丸めがねをかけている。黒いワンピース。イヤホンで音楽を聴《き》いているらしく、こっちには気づいてないみたい。

私《わたし》はスペースの入り口に置いてある共有ノートを手に取った。

だれでも自由にコメントを残していいことになっていて、ときどき、市の職員《しょくいん》さんから返事があることもある。私《わたし》は実際《じっさい》に書いたことないけど、存在《そんざい》は知っていた。パラパラとめくってみると、人間関係で悩《なや》んでいるとか、テストでいい点とったとか、そんな感じの話がさまざまな特徴《とくちょう》の手書きの文字で並《なら》んでいる。

朱理《あかり》も、なにかここに書いたりしているのかな。

そんなことを考えているときだ。うしろから声をかけられた。

「ハロー・マイ・フレンド――おまえ、光丘沙希《みつおかさき》、だよな？」

ふりかえると、そこにはひとりの男の子がいた。

いたずらっぽく細めた目で、こっちを見ている。二年生くらいかな？

「そうだけど、だれ？」

私《わたし》はそう言って、まじまじとその子を観察した。

ネコの耳みたいなかざりがついた、黒いベレー帽《ぼう》。そこからはみだしたくしゃくしゃの髪《かみ》。ほっぺたはふっくらと白くて、口元には生意気そうなほほえみが浮《う》かんでいる。帽子《ぼうし》とおなじく真っ黒なポンチョに半ズボン、足元は長ぐつ。

知らない子だ。

「沙希《さき》、おまえ、あかずきんちゃんに会いに来たんだろ？」

私《わたし》は目をぱちくりさせた。その子は笑《え》みを深くする。

「今日は、あいつ、来てないぜ。どっかべつのところにいるんだろうよ」

「……あかずきんちゃんって、朱理《あかり》のこと？」

いつもあの子のかぶっている赤いフードを思いだしながら、私《わたし》はたずねた。

男の子は肩《かた》をすくめる。

「そんな名前だっけか。ここでよく物語を書いているあかずきんちゃんだよ」

「あんた、朱理《あかり》の知りあい？　名前は？」

私《わたし》は不審《ふしん》に思いながらたずねる。

「おれはシャノア。知りあいっつーか、友だちだよ」

シャノア……へんな名前。

外国にルーツのある子なのかもしれない。見た感じ、そんなふうには思えないけど。

「朱理《あかり》の友だち、ね」

へんな友だちがいるんだな、あの子。

「朱理《あかり》だけじゃない。おれはみんなの友だちだ。今はおまえの友だちでもある」

「いや、友だちになった覚えはないけど……」

私《わたし》はとまどいつつもそう言った。シャノアは愉快《ゆかい》そうに笑った。

「そう言うなよ。なあ沙希《さき》」

なれなれしいなあ。なんだろう、この子。

なんとなく、居心地《いごこち》悪く思っていると、シャノアは続けた。

「あかずきんちゃんに会いに行くんだろ？　おれもあいつに用があるんだ。わたしたいものがあってさ。いっしょに行こうぜ」

「行くって、どこに？　朱理《あかり》がどこにいるか知ってるの？」

私《わたし》はたずねた。シャノアは首を横にふった。

「いや、知らないよ。でも、おまえは知ってるだろ？」

シャノアの言葉に、私《わたし》は首を横にふる。「知らないよ、どこにいるかなんて」

「どこにいるかは知らなくても、どこに住んでいるかは知ってるだろ？」

私《わたし》は腕《うで》を組んで、シャノアを見おろした。

「それは知ってるけどさあ……家に行ってまで会いたいかって言うと……」

ちょっとハードル高いよ。

私《わたし》、最後に朱理《あかり》の家に遊びに行ったの、三年生のときだよ。

「ふうん？　それでいいんだ？」

シャノアはからかうように言った。

「そんなふうに、なんだかんだ言《い》い訳《わけ》しながら逃《に》げ続《つづ》けて、明日へ明日へ先送りして、そうやってるうちに、おまえたち、卒業しちゃうんじゃないのか？」

見透《みす》かしたような物言いに、私《わたし》はだまりこむ。シャノアは続けた。

「話したいことがあるんだろう？　話しに行けばいい。話しに行けるうちに」

「……あんた、なんなの？」

私《わたし》はかわいた声でたずねる。なんだろう、気味が悪かった。

なんでそんな、なにもかも知っているみたいな……すると、シャノアは笑って言った。

「だから、おれはシャノア。今はおまえの友だちだ」

友だち……。

私《わたし》はためらった。知らない人、というか知らない子（しかも怪《あや》しい）にやすやすと友だちの家を教えてもいいんだろうか、という葛藤《かっとう》があった。

しばらく考えて、それから私《わたし》はため息をついた。へんな子だけど、いちおう、朱理《あかり》の友だちって言《い》い張《は》っているわけだし、連れていくだけ連れていってみよう。

「わかった。朱理《あかり》の家に行けばいいんでしょ？　いいよ。いっしょに行こう」

「そうこないとな」

シャノアはそう言って、体を上下にゆらす。帽子《ぼうし》のネコ耳がぴょこぴょこした。

朱理《あかり》の家は、じつを言うと、行政《ぎょうせい》センターの真ん前にある。三分もかからない。

行政《ぎょうせい》センターの二階から階段《かいだん》をおりて、エントランスへ。自動ドアを抜《ぬ》けると、冷たい風が吹《ふ》いて、私《わたし》はひゅっと首をすくめた。

噴水《ふんすい》前に積もった雪を長ぐつでけっ飛ばしながら、シャノアは鼻歌をうたっている。

あかずきんちゃんをさがしてる
おれの名はシャノア
♪ハロー・マイ・フレンド

「なにそれ」

「おれ、詩を読むのがすきなんだ」

鼻歌じゃないんだ。詩なんだ。

「朱理《あかり》とは、どこで知りあったの？」

私《わたし》はたずねた。すると、シャノアはうなずいた。

「おれもそれをたずねようと思ってたんだよ、沙希《さき》。おまえさ、あかずきんちゃんとどういう関係なんだ？」

「クラスメイトだけど……っていうか、なんでそもそも、私《わたし》の名前知ってるの？」

私《わたし》がたずねると、シャノアは不思議そうに言った。

「さっき『光丘沙希《みつおかさき》だよな？』ってたずねたら、『そうだけど』って言ったじゃん。もう忘《わす》れたのか？」

「いや、そうだけど、そうじゃないでしょ」

雪の地面に足あとをつけながら、私《わたし》は言った。

「どうしてそもそも『光丘沙希《みつおかさき》だよな？』ってたずねたの？　って話。最初から私《わたし》のこと、知ってたんじゃないの？」

「なんとなくそんな気がしたんだ」

「うそつけ」

あきれながらそう言うと、シャノアはすぐに撤回《てっかい》した。

「うん、そうだな。今のはうそだ」

なんだこいつ。ちょっぴりイラっとしていると、シャノアはにやにやして言った。

「おれはなんでも知ってるんだよ。なにしろ、みんなの友だちだから」

「……じゃあ、私《わたし》と朱理《あかり》がどういう関係かも、知ってるんじゃないの？」

シャノアはうなずいた。

「なんでも知っているけれど、くわしいことはよく知らないんだ」

まじめに答える気がないんだろうなと察した私《わたし》は、話題を変えた。

「朱理《あかり》にわたしたいものがあるって言ったよね。なに、それ？」

「なんだと思う？」

質問《しつもん》に質問《しつもん》で返すなよな、と思った。でも、いちおう、考えてみた。

「あ、もしかして、チョコレート？　バレンタインデーだし？」

「種だ」

シャノアは言った。なんで考えさせたんだ、最初から答えろよ。

「種って？」

「あかずきんちゃんがここのところ、ずっと探《さが》してたやつだよ」

朱理《あかり》が探《さが》していた？　どういうことだろう。

「で？　沙希《さき》。おまえのほうはどうなんだ？」

シャノアはたずねた。徹底的《てっていてき》に煙《けむ》に巻《ま》く気でいるみたいだ。私《わたし》はため息をついた。

「あのね、シャノア。あんまり人のこと、『おまえ』って言わないの」

「これは失敬《しっけい》。おまえさんはどうなんだ？」

おまえさんって言い方、ちょっとおもしろいな。

「どうって、なにが？」

「おまえさんのほうこそ、あかずきんちゃんになんの用なんだよ？」

私《わたし》は口ごもった。「……べつに、シャノアに関係ないでしょ？」

「そう言うなよ、友だちだろ？」

「それは、あんたが勝手に言ってるだけ」

そんな話をしながら、横断《おうだん》歩道をわたる。染岡家《そめおかけ》はすぐ目の前。

「はい、到着《とうちゃく》」

ほんとに、三分もかからなかったな。シャノアはうなずいた。

「案内してくれてありがとう。じゃ、ぽちっと」

「あ」

シャノアは背伸《せの》びして、玄関《げんかん》のチャイムを鳴らした。

そして、あろうことか、そのまま走っていってしまった。

「ちょ、ちょっと待ってよ！」

そうさけんだけど、おそかった。

『はい、どちらさまですか？』

インターフォン越《ご》しに、女の人の声。たぶん、朱理《あかり》のお母さん。

「あ、あ、えーと、すみません、朱理《あかり》さんとおなじクラスの光丘沙希《みつおかさき》ですけど……」

『光丘《みつおか》……沙希《さき》？　沙希《さき》ちゃん？』

とまどっていた声が、明るくはずんだ。

『あらあら、ひさしぶり。ちょっと待ってね』

受話器を置く音がした。私《わたし》は道のむこうに目をやる。電信柱の陰《かげ》で、にやにやしているシャノア。もどってこい、と手招《てまね》きしたけど、にやにやしたまま動かない。

ドアが開いた。

「こんにちは。沙希《さき》ちゃん、どうしたの？　朱理《あかり》に用事だった？」

「えっと、まあ、はい……」

どうしよう。なんて言えばいいかな。

「そっかそっか、ごめんね。あの子、ちょっとまえに出かけていったの。図書館じゃないかと思うんだけど……」

「いや、図書館は行ってみたけど、いなくて……」

そう言うと、朱理《あかり》のお母さんは、あら、という顔をした。

「そうなんだ。めずらしいわね。あの子、しょっちゅう図書館に行っているから。ほら、おなじクラスの理緒《りお》ちゃんといっしょにね」

私《わたし》はまよったけど、たずねた。「今日も朱理《あかり》、中村さんといっしょですか？」

朱理《あかり》のお母さんは首を横にふった。

「それがね、いっしょにうちでクッキーを焼く約束をしてたのに、理緒《りお》ちゃん、風邪《かぜ》を引いちゃったんだって」

めちゃくちゃ楽しそうなイベントが予定されていたらしい。いいなあ。

「朱理《あかり》、へそを曲げちゃって。さっきまで、家でごろごろしてたんだけど。あ、でもキッズスマホ持たせてあるから、連絡《れんらく》できると思う。番号わかる？」

私《わたし》はうなずいた。

「わかります、けど……」

でも、最後に朱理《あかり》と電話したのは、もう半年近くまえだ。

「なら、だいじょうぶね。そうそう、なんの用事だったの？」

「えっと……ちょっと、話したかったと言うか……」

ごにょごにょ言う私《わたし》に、朱理《あかり》のお母さんは不思議そうな顔をした。

「ふうん。今の子って、スマホ持ってるからすぐメッセージとか電話とかするんだと思ってたけど、わざわざうちまで来てくれたんだ」

だまりこんでいると、朱理《あかり》のお母さんは明るい声で言った。

「よかったら、あがってく？　朱理《あかり》が帰ってくるまで」

私《わたし》は手をぶんぶんふった。

「いえいえいえ、だいじょうぶです。ごめんなさい。おじゃましました」

そう言って、ぺこりと頭をさげ、逃《に》げるように染岡《そめおか》家をあとにする。

「また遊びにいらっしゃいね」

朱理《あかり》のお母さんの声が、うしろから聞こえた。


「どうだったよ？」と、シャノアは言った。

「なんのつもり、あんた」

私《わたし》はおこっていた。勝手にチャイム鳴らして自分だけ逃《に》げやがって。

「おれ、知らない人と話すとおなかが痛《いた》くなるような、繊細《せんさい》な生き物なんだ」

しゃあしゃあと、そんなことを言う。

「私《わたし》だってほとんど知らない人じゃん。ふざけんなよ、もう」

「おいおいお言葉が汚《きたな》いぞ」

「まじでふざけんなよ」

「悪かったよ」

私《わたし》の剣幕《けんまく》に気圧《けお》されたのだろうか、シャノアは頭をさげた。

「ただ、知らない人と話すとおなかが痛《いた》くなるのは、ほんとうなんだ」

「だったらなおさら、いきなりチャイムなんか鳴らすな！」

「返す言葉もない」

反省、と言ってシャノアはへんなポーズをした。両手を頭の上に置き、がに股《また》ですこしひざを曲げる。なにそのポーズ。ぜったい反省してないじゃん。

「で？　あかずきんちゃんは留守《るす》だったのか？」

「そ。でもキッズスマホ持ってるから、電話してみたらって」

私《わたし》がそう言うと、シャノアはたずねた。「番号知ってる？」

「いちおう、ね」

「じゃ、そこにかければ一発じゃないか。なにをうじうじしてるんだよ」

私《わたし》はだまりこんだ。

実際《じっさい》に電話するのは、ちょっぴり気まずい。正直、なんて言ってかけたらいいのか、わからない。メッセージも、ずいぶん長いことしていないし……。

「……あのねシャノア」

私《わたし》はなんて言うべきか考えつつ、口を開く。

「ほんとのこと言うと、私《わたし》あんまり電話したくないんだよ。朱理《あかり》には。長いことしてないし。電話どころか、クラスでもほとんど話してないから、緊張《きんちょう》するっていうか……」

シャノアは首をひねった。

「なにを言ってるんだ？　話があって会いに行くとこだろ、今」

「そうなんだけど、さあ……」

煮《に》えきらない私《わたし》に、シャノアはしばらく考えて、それから肩《かた》をすくめた。

「まあ、べつにいいけどな。だったら、電話は最後の手段《しゅだん》にしよう。とりあえずさ、ちょっと歩いてみようぜ」

私《わたし》はすこしだけほっとした。でも、すぐ疑問《ぎもん》に思った。

「ちょっと歩いてみるって、どこに？　朱理《あかり》がどっち行ったのかもわからないのに」

「あっちだろ」

そう言って、シャノアはプールのほうを指さした。

「……なんでそう思うの？」

いちおう、そう聞いてみる。

また「なんとなくそんな気がした」とか言いだしたらゆるさないぞ、と思いつつ。

「その、染岡《そめおか》さんのお宅《たく》の玄関《げんかん》から、足あとがついてるだろ」

シャノアは地面を指さした。雪の上に、長ぐつのあと。

「ところどころわかりづらいけど、むこうに続いてる。追いかけてみようぜ」

なるほど。そうすることにした。

♪ハロー・マイ・フレンド
おれの名はシャノア
足あとたどる午後の雪道

というわけで、私《わたし》は来た道をもどることになった。

ヤマカワマーケットの手前まで足あとをたどると、どうも左へ曲がったらしい。こっちは県営《けんえい》植物園である粟船《あわふね》ボタニカルセンターと、甘縄《あまなわ》中学校の方角だ。でも、大きな道に出たので、ほかにもたくさん足あとがあって、その先は判然《はんぜん》としなかった。

「どうする？」

私《わたし》はたずねた。シャノアはうなずく。「おなかすかない？」

「なに、いきなり」

「おれ、ヤマカワマーケットのコロッケ食べたい。一個《こ》六十二円のやつ」

「自分で買って食べれば？」

「手持ちがないんだ。おごってくれ」

「はー？」

いちおう、お財布《さいふ》持ってきたけどさあ……。

「このうめあわせはする。おれ、ひもじいんだ」

そう言って、上目遣《うわめづか》いで私《わたし》の顔を見つめるシャノア。

「ひもじいって言うな。わかった、一個《こ》だけね」

「やったぜ！」

シャノアは両手をあげて跳《と》びはねた。やれやれ。

そんなこんなで、ガラスの自動ドアを抜《ぬ》けて、お店に入ったときだった。

いきなり、シャノアが私《わたし》のうしろにひっこんだ。隠《かく》れるように。

なんだろうと思っていると、声をかけられた。

「あれ、沙希《さき》」

見ると、おなじクラスの愛奈だった。

二年生のふたごである弟ふたり（真央《まお》と勇哉《ゆうや》）と一年生の妹（仁美《ひとみ》）もいっしょ。

「愛奈じゃん。お姉ちゃんしてるね、あいかわらず」

私《わたし》がそう言うと、愛奈は器用にも笑いながらため息をついた。

「沙希《さき》！　おれ空中逆上《さかあ》がりできるようになった！」

真央《まお》がそんなことを言いだし、勇哉《ゆうや》はばかにしたように鼻を鳴らす。

「おれはもっとまえからできるぅー」

「はあ、うっせ。おれ連続できるし！　勇哉《ゆうや》できないだろ」

「できるよ？」「うそつけ！　できないくせに」「証拠《しょうこ》あるんですかぁー？」

「やめなさい」

愛奈がこわい顔で言った。真央《まお》と勇哉《ゆうや》はしぶしぶといった感じでだまった。

「沙希《さき》ちゃん、なにしてたの？」

仁美《ひとみ》ちゃんがにこにこしながら、私《わたし》にたずねてくる。

「ああ、私《わたし》はね、この子といっしょに……」

そう言いかけて、私《わたし》はシャノアがいなくなってることに気づく。あれ？

きょろきょろしていると、愛奈が不思議そうな顔をした。

「どしたの、沙希《さき》。この子ってだれ？」

「いや……なんでもない」

シャノアのやつ、ほんとうに、知らない人には会いたくないみたいだ。

まったくもう、『みんなの友だち』とか言っていたくせに。

「買い物？」と、愛奈がたずねてくる。私《わたし》は肩《かた》をすくめた。

「まあ、それはついで。朱理《あかり》をさがしてて」

すると、真央《まお》と勇哉《ゆうや》のふたりが顔を見あわせた。

「朱理《あかり》って、さっきの？」「姉ちゃんが言ってたよね。さっきの子だよね」

さっきの子？

「ああ、朱理《あかり》なら会ったよ」

なんでもないような顔で、愛奈は言った。

「どこにいた？」

「え？　ああ、うん。私《わたし》、この子たちを連れて散歩してたんだけど、さっきボタセンの前を通ったとき、なかに入っていくのを見たの。話はしなかったけど、むこうも私《わたし》に気づいたみたいで、手をふってた」

愛奈の言葉に、仁美《ひとみ》ちゃんがうなずいた。

「赤いコートだったの。フードかぶって、あかずきんちゃんみたいだった」

「『あかずきんちゃん』か。その呼《よ》び方《かた》、なんかなつかしいね」

愛奈がそう言って、私《わたし》に笑いかける。私《わたし》は笑わなかった。

ボタセン――粟船《あわふね》ボタニカルセンター。

「ねえちゃん、はやく帰ろう？」

真央《まお》がぐずったような声をだした。勇哉《ゆうや》もあまえるように言う。

「ポテチ、買ったじゃん。はやく帰って、食べよ？」

「はいはい、わかったってば」

愛奈はやれやれと言って、それから私《わたし》に向きなおる。

「朱理《あかり》に、なんか用事なの？　めずらしいじゃん」

「なんか、わたすものがあるんだって」

「ふうん？　沙希《さき》が？　まさかチョコレート？」

ちょっぴりおもしろがっているみたいな口調の愛奈。私《わたし》はごにょごにょと言う。

「そういうわけじゃないんだけどね……」

それからお店の入り口のほうを見た。シャノアが物陰《ものかげ》からこっちをうかがっている。

「でも、なんか意外。もうずっとさ、朱理《あかり》と話してなかったじゃん」

愛奈は言った。

「むかしは、四人でいっしょにいたのにね。ほら、中村さんが来てからさ、だんだんあの子もおとなびて。今じゃ作家先生になっちゃったから」

あんな、あかちゃんみたいな子だったのに――そう言って、愛奈はちいさく笑う。

私《わたし》は答えなかった。

ただ、愛奈に合わせてちいさく笑いながら、ちくりと胸《むね》のおくが痛《いた》むのを感じた。

♪ハロー・マイ・フレンド
おれの名はシャノア
猫舌《ねこじた》ふうふうコロッケ冷ます

「ボタセンね」

はふはふと、私《わたし》の買ってあげたコロッケを食べながら、シャノアは言った。

「入場料、中学生以下無料だったよな。雪も積もってるだろうし、楽しそうではある」

「それはそうだけど、なにしてるんだろうね、朱理《あかり》は」

植物園のほうにつながる歩道橋をわたりながら、私《わたし》はため息をついた。

「ひとりで雪遊びってこともないだろうし」

「ひとりで雪遊び、したっていいんじゃないのか？」

「朱理《あかり》はもう、そんなことしないよ。むかしならともかく」

「ふうん？　成長したってことか？」

シャノアはいたずらっぽい目で私《わたし》を見た。

「そうだよ。私《わたし》たち、いつまでも子どもじゃないんだよ」

再来月《さらいげつ》からは、中学生だしね。

そんなふうに言いながら、私《わたし》はやっぱり、ちょっとさびしい。

「あんまり、うれしくないの？」

シャノアの問いかけ。私《わたし》はその意味がよくわからなかった。

「なにが？」

「子どもじゃなくなるってやつ」

そう言って、だいぶちいさくなったコロッケを、口のなかに放りこむシャノア。私《わたし》はすこしだけだまってから、そっとうなずく。

朱理《あかり》のことを考えた。


朱理《あかり》が変わってしまったことが明確《めいかく》になったのは、夏休み明けだった。

あの子が提出《ていしゅつ》した宿題。

担任《たんにん》の西内《にしうち》先生が私《わたし》たちに出した、自由課題。

私《わたし》はふつうに星空の観察日記をやった。やったというか、ネットにのっているのをうまいことパクった。愛奈は映画《えいが》の感想文だったかな。友梨佳《ゆりか》は意外にも、茶碗《ちゃわん》を作ってきた。夏休みの間に、陶芸《とうげい》教室に行かされたのだと、うんざりした顔で言っていた。

で、朱理《あかり》だ。あの子が提出《ていしゅつ》したのは、小説だった。

『あかずきんちゃんとりぼんちゃん』。

森に住む「あかずきんちゃん」と、その友だちの「りぼんちゃん」のふたりが主人公の童話。西内先生はその作品をみんなのまえで読んで、ほめちぎった。

「先生はびっくりしました。おはなし、とってもおもしろいし、文章にも、はっとする表現がたくさんあります。文才、つまり、文学の才能《さいのう》があると、そう思いました」

朱理《あかり》はちょっぴり照れたような顔をして、それから中村さんのほうをちらりと見た。

私《わたし》は気づいていた。ううん、私《わたし》だけじゃないと思うけど。

あかずきんちゃんは、朱理《あかり》自身のこと。

りぼんちゃんは中村さん——髪《かみ》をリボンでかざった、中村理緒《りお》のことだって。

そう、一学期の間、ふたりはずっと、教室のすみや、図書室なんかでノートをはさんでこそこそと話をしていた。

六月の終わりごろだっけ、中村さんがなぜだか学校を休んでからも（いろいろなうわさがあったけれど、そのどれもが憶測《おくそく》だから、ここではふれない）、朱理《あかり》はひとりで、ノートに向かってなにかを書いていた。

そして夏休みの間も、図書館に入りびたって、それを続けていた。

だから、西内先生の言った「文学の才能《さいのう》」っていうのは、ふつうに努力の成果だって、私《わたし》は知っている。朱理《あかり》はずっと書いていたんだ。中村さんといっしょに。ううん、中村さんのいない間も。

ずっと、みんなにあかちゃんあつかいされていた「あかずきんちゃん」は、その宿題をきっかけに変わった。いや、変わったのはみんなの視線《しせん》かもしれない。なかなかやるじゃんって、朱理《あかり》すごいって、みんな、そう思ったんだと思う。

作家じゃん、って。

そうしているうちに、休み時間、朱理《あかり》のところに「おはなし読ませて！」っていう子が、列をなすようになった。

もう、あの子はあかちゃんじゃない。いつまでも、ちっちゃな子どもじゃない。

となりには、りぼんちゃんっていう名前のすてきな親友がいる。

私《わたし》たちの距離《きょり》は、どんどん離《はな》れていった。

ずっといっしょに過《す》ごしてきたのに。これからもそうだって、思っていたのに……。


「どうしたよ？」

その声に、我《われ》に返る。歩道橋の階段《かいだん》をおりながら、私《わたし》の顔を見つめているシャノア。

私《わたし》はしばらく考えて、こう言った。

「私《わたし》さ、背《せ》が高いじゃん？」

まじめな顔で、シャノアはうなずいた。私《わたし》はくすんと笑った。

「中学年のころからかな。急に伸《の》びはじめて。だから、そのころから、わりと年上に見られるようになったんだ」

先生やおとなはみんな、私《わたし》の見た目だけで、私《わたし》のこともしっかり者のお姉さんだって決めつけて、そんなふうにあつかった。だけど、私《わたし》はそれがいやでしょうがなかった。

私《わたし》だってまだ子どもだし——できればずっと子どもでいたいって、そう思っていた。

「なるほど、ね」

シャノアはそう言って、階段《かいだん》の最後の段《だん》をジャンプしておりた。ずぼっ、と雪に長ぐつがうまる。私《わたし》はすべらないように、慎重《しんちょう》に階段《かいだん》をおりながら、話を続ける。

「だからかな。私《わたし》さ、朱理《あかり》のことを、よくからかっていた。あの子はさ、ほら、ずっと体がちっちゃかったから。あかちゃんとか、そんなふうに呼《よ》んで、一人前あつかいしないで、それで、ふくれっ面《つら》になったあの子のほっぺたをつんつんして笑ってた」

「うっとうしいやつだな」

シャノアの言葉に、私《わたし》は自嘲的《じちょうてき》な笑《え》みを返す。

「ほんとうに、そうだよね」

うっとうしいやつ。いやなやつ。いじわるなやつ……だけどさ。

私《わたし》、朱理《あかり》のことがほんとうに、すきだったんだ。

短い沈黙《ちんもく》のあと、私《わたし》は続ける。

「夏休みにさ、プールの前で朱理《あかり》に会ったんだ。あの子、図書館に行くところだったみたい。私《わたし》、ビニールのうきわで、こう、あの子のことつかまえてさ？」

あのときのことを思いだして、私《わたし》は笑った。

「いっしょにプール行こうぜって、強引《ごういん》にひっぱって……でも、来てくれなかった」

図書館に行かなきゃって。

「あのころの朱理《あかり》、元気なかったからさ。はげますつもりだったんだ。いっしょに遊んで、まえみたいにはしゃげば元気になるんじゃないかって。だけど、ふられちゃったんだ」

明るく言ったつもりだったけど、声はすこしだけふるえていた。シャノアは気づいただろうか。わからない。じっと、階段《かいだん》の下から私《わたし》のほうを見あげている。

「よく考えるとさ、あれが朱理《あかり》とまともにした、最後の会話だったかもしれない」

がんばれよって、そう言ったんだ。図書館へと走っていくあの子の背中《せなか》に。

そこまできて、シャノアはたずねてきた。

「それから、どうして話をしなくなったんだ？」

「うん。二学期になってさ、朱理《あかり》のやつ、作家先生になっちゃったから」

私《わたし》はさっき思いかえしていた、そのころの話をかいつまんでシャノアに聞かせた。

「あの子、西内先生に物語をほめられて、クラスでも、みんなに認《みと》められて。もう、私《わたし》たちといっしょにいた、ちっちゃな『あかちゃん』じゃなくなっちゃった」

そうしたら、そうしたら、さあ……。

「わかんなくなっちゃったんだよね。なんて声をかけたらいいか。変わっていく朱理《あかり》に、どう関わったらいいか、ほんとうになにも、わかんなくなっちゃった」

まるで、立場が逆転《ぎゃくてん》したみたいだった。

あの子はおとなになっていって、私《わたし》はずっと子どものまま。

そう。

きっと置いていかれたんだ、私《わたし》は。

「ようするに、おまえ、さびしいんだ？」

シャノアが、つぶやくようにそう言った。

私《わたし》はその言葉に、急にはずかしくなった。なんでこんな話をしらゃったんだろう。さっき会ったばかりの相手なのに。

「そっか。だから、あかずきんちゃんに用事があるわけか。もう一度、友だちになりたいって、そういうことなのか」

なにか、なっとくしているみたいなシャノアに、私《わたし》は首を横にふった。

「べつに、そういうわけじゃ……もう、行くよ。ほら」

それから私《わたし》は、ボタセンの入り口のほうへと歩いていく。

シャノアがうしろから、ひょこひょことついてくる。

♪ハロー・マイ・フレンド
おれの名はシャノア
真冬の底に花々ねむる

園内の木々も、芝生《しばふ》も、すっかり雪化粧《ゆきげしょう》していた。

「もっとも、椿《つばき》くらいは咲《さ》いているかもしれないよな。梅はもう見ごろを過《す》ぎたかな」

「甘縄桜《あまなわざくら》がもうすぐ咲《さ》くかもしれない」

シャノアの言葉に、私《わたし》はそう返した。甘縄桜《あまなわざくら》は、このボタニカルセンターで品種改良されて生まれた早咲《はやざ》きの桜《さくら》だ。

入り口を入ってすぐの広場にある植物園の地図を見ながら、私《わたし》たちは話しあった。

「あかずきんちゃんはわざわざ雪のなか、甘縄桜《あまなわざくら》のつぼみをながめに来たのかな」

そう言われると、わからない。

「そもそも、朱理《あかり》なんでこんなところに来たんだろうね」

私《わたし》は首をひねる。すると、シャノアはなにかを思いついたようだった。

「ああ、もしくは、まだ探《さが》してるのかもしれないな」

「探《さが》してるって、なにを？」

「だから、種だって」と、シャノアはそう言った。

「あんたがわたそうと思っているやつ？」

たずねる私《わたし》に、シャノアはうなずいた。

「おれが持ってること、あかずきんちゃんは知らないだろうからな」

それから、シャノアはううんと伸《の》びをした。

「となると、べつに花があるかどうかは重要じゃないな。よし。手分けしようぜ。おれは花時計からバラ園のほうを通って、左のほうから時計まわりに行く。沙希《さき》のほうは芝生《しばふ》の広場から温室のほうを見てきてくれ。逆《ぎゃく》まわりにな」

地図を指さしながらシャノアは言った。私《わたし》はちいさくうなずく。

「りょうかい」

「じゃ、あとでな。いくら雪が積もってるからって、芝生《しばふ》のところで遊ぶなよ」

「だから、遊ばないってば」

シャノアと別れて、芝生《しばふ》の広場を歩く。

ここもすっかり雪が積もっている。あんまり人はいない。ちいさな子が、お父さんといっしょに雪玉を投げている。顔いっぱいで笑って、はしゃいでいる男の子。

雪遊び、か。

私《わたし》は一度ふりかえって、シャノアの姿《すがた》がないことを確認《かくにん》する。

それから、雪を手ですくうようにして、雪の玉を作り、転がしては固めて、すこしずつ大きくした。それをふたつ作って、縦《たて》に重ねる。

雪だるま。せっかくなので、ちいさな耳もつけてやった。シャノアの帽子《ぼうし》みたいに。

私《わたし》は温室のほうへと向かう。


グリーンハウスと呼《よ》ばれている温室のなかは、冬でもあたたかい。そりゃまあ、温室だからあたりまえなんだけど、それでも。そして、外とはちがって、雪も積もってない。それもまあ、温室だからあたりまえなんだけど。

急に南国に来たようだった。ハナキリン、という名前の濃《こ》いピンク色をしたちいさな花。その名のとおり紅色《べにいろ》の花びらのベニマツリ。ひらひらと華《はな》やかなブーゲンビリア……。

ひとつひとつ、立札にある名前を確認《かくにん》しながら温室のなかを進んでいくと、オレンジ色のカエンカズラの前で、スケッチしている女の子に出くわした。

あの子は……。

「ユリ、なにしてるの？」

そう言うと、友梨佳《ゆりか》は顔をあげて私《わたし》を見た。いつもどおり眠《ねむ》そうな表情《ひょうじょう》をしていたけれど、それでもびっくりしたみたいなのがわかった。

「……今日は、知りあいによく会うな」

そう言ってあくびをすると、スケッチブックを閉《と》じ、こっちに歩いてきた。

「絵画教室の課題」

「ああ、なんか、入れられたんだってね。絵画教室」

私《わたし》は友梨佳《ゆりか》に同情《どうじょう》した。

友梨佳《ゆりか》のママは、うちのおばあちゃんとはちがった意味できびしい。

「中学に入ったら、美術《びじゅつ》の授業《じゅぎょう》もあるし、今から準備《じゅんび》しとけとさ。ふざけないでほしいよね。いくらあのぼんくらなお兄ちゃんみたいにならないでほしいからって。知ってる？こういうの、『教育虐待《ぎゃくたい》』って言うらしいよ。あのくそばばあめ」

友梨佳《ゆりか》はママに対して毒《どく》づいた。だいぶうんざりしてるっぽい。

「それで？　沙希《さき》はどうしたの？　あんたも小説のネタ探《さが》し？」

小説のネタ探《さが》し？

その言葉の意味を一瞬《いっしゅん》考えて、だけど、すぐにつながった。

「朱理《あかり》に会ったの？」

「お、さすがに頭の回転が速い」と、友梨佳《ゆりか》は楽しそうに言った。

「さっきまでここにいたよ。なんか、スランプなんだってさ」

「どのくらいまえ？」

私《わたし》がたずねると、友梨佳《ゆりか》はスマホの画面を確認《かくにん》した。

「今二時三十分でしょ？　二十分くらいまえかなあ」

それから、私《わたし》に向きなおって、ちょっぴりいたずらっぽく笑った。

「朱理《あかり》に用事？　ずっと避《さ》けてたくせに、どういう風の吹《ふ》きまわし？」

「……ちょっと、話がしたくて、ね」

シャノアのことはふせた。なにもかも話すのは、さすがにめんどうくさい。

「それに、避《さ》けてたわけじゃないよ。なんて話しかけていいか、わからなかっただけ」

「ほんとにー？」

気だるそうにたずねる友梨佳《ゆりか》。私《わたし》はちいさく笑った。

「だって、あの子変わっちゃったじゃん。もうさ、私《わたし》たちといっしょにいたころのあかちゃんじゃない。なんたって、作家先生だし」

ちょっぴりしんみりと、そんなことを言ってみる。友梨佳《ゆりか》はぽかんとしていた。

「そんなこと考えてたの？」

「……うん」

友梨佳《ゆりか》はあきれたようにため息をつく。「考えすぎだよ、沙希《さき》。らしくないよ」

らしくない？

「うん。まじでらしくない。なにうじうじしてんの？　わーって行って、わーってかまえばいいじゃん。朱理《あかり》のこと。今までずっとそうしてきたでしょ？」

「無理だって。朱理《あかり》、すっかりおとなびて、お姉さんになったじゃん」

「それでも、おなじ六年生でしょ。ねえ沙希《さき》、なに遠慮《えんりょ》してんの？」

友梨佳《ゆりか》の言葉に、私《わたし》は首を横にふる。

「あの子も、いつまでもあかちゃんじゃないよ。ってかさあ、私《わたし》、さんざんあの子のこと、あかちゃんあつかいしてきたじゃん。うっとうしいって、きっとそう思ってるよ」

髪《かみ》の毛の先をくるくるともてあそんで、友梨佳《ゆりか》は言った。

「あのさあ、朱理《あかり》のほうは、そんなのもう気にしてないって」

「そうかなあ」

「うん。ってか、自意識過剰《じいしきかじょう》。朱理《あかり》のほうは沙希《さき》のこと、なんとも思ってないよ」

ばっさりと、友梨佳《ゆりか》は言い切った。私《わたし》は笑ってしまう。

「あはは、それはそれでショックだよ」

「でも、そういうもんでしょ？」

「……でも、だったらさ、今さら話しても、べつになんにもならないよね」

そうだよ。

あたりまえじゃん。あの子は変わったんだ。きっと、私《わたし》も変わっていく。私《わたし》たちは、むかしの私《わたし》たちじゃない。あのころとおなじ関係にはもう、もどれない。

だったら、今さらじゃん。なにをしたところで、もうしょうがないじゃん。

「なに言ってんの？　話がしたくてって、言ったじゃんさっき」

「そう思ってたんだけど」

私《わたし》はうつむく。なんだろう、もう、わかんなくなっちゃったな。

「ほんともう、うじうじうじうじ……」

いらいらしたようにそう言いながら、友梨佳《ゆりか》はスマホを操作《そうさ》しはじめた。なにしてるんだろう、と思っているると、そのまま耳に当てて、言った。

「もしもし、朱理《あかり》？」

「はあ!?」

まじで？　信じられない！　こいつ、朱理《あかり》に電話かけてるよ。この流れで！

私《わたし》はあわてた。でも、どうしようもない。

「うん、私《わたし》。友梨佳《ゆりか》。さっきはありがとう。ねえ、あんた今どこ？」

あわあわと、電話を切るようにジェスチャーする私《わたし》を、友梨佳《ゆりか》は無視《むし》して言った。

「沙希《さき》が、会って話したいんだってさ。どこ？」

短い沈黙《ちんもく》のあと、友梨佳《ゆりか》はうなずいた。

「わかった、図書館ね。じゃ、そこに行くように伝えとく。本人が電話すればいいのに？

私《わたし》もそう思うけど。はずかしいんじゃないの？　笑ってやりな。はいはい、またね」

画面をタップして電話を切る。

「なにしてんの、ユリ……」

私《わたし》が言うと、友梨佳《ゆりか》は肩《かた》をすくめた。

「だって、あんたまじでめんどうくさいんだもん。図書館だってさ。さっさと行け」

♪ハロー・マイ・フレンド
おれの名はシャノア
めぐりめぐって最初の場所へ

温室を出た私《わたし》は、入り口前にもどってシャノアと合流した。わけを話すと、シャノアは大きなため息をついた。

「ふりだしにもどるって感じだな」

「でも、これで会いに行けるよ」

私《わたし》はそう言った。ほんとうのことを言うと、もうすでに、ちょっぴり緊張《きんちょう》している。

「まあ、とっとと用事をすませようか」

そんなことを言いながら、私《わたし》たちは図書館のほうへと、来た道をもどっていく。

「けっきょく、種ってなんなの？　朱理《あかり》が探《さが》しているってどういうこと？」

私《わたし》がたずねると、シャノアはすこしばかり考えて、こう言った。

「あかずきんちゃんは、森に住んでいるんだよ」

「なに言ってるの？」

朱理《あかり》の家、さっき行ったじゃん。ふつうに住宅街《じゅうたくがい》の一軒家《いっけんや》だよ。

だけど、シャノアは続ける。

「種を植えることは、その森をゆたかにすることだ。ちゃんと水をやって世話をすれば、芽を出して、葉をしげらせて、花を咲《さ》かせて実を結ぶ。そうして森の一部になる」

「意味がぜんぜんわからないんだけど」

私《わたし》はため息をついた。ヤマカワマーケットの向かいの角を入って、路地を抜《ぬ》ける。小学校のプールの前の道を歩きながら、シャノアは笑った。

「大切な種なんだよ、これは。もっとも、どこまで育つかは、あかずきんちゃんの腕次第《うでしだい》ってところだけどな。楽しみだ」

さっぱりわからなかったけど、それ以上追及《ついきゅう》するのもやめておいた。

目的地は目の前だ。あかずきんちゃんが、私《わたし》たちを待っている。駐車場《ちゅうしゃじょう》を通り抜《ぬ》けて、行政《ぎょうせい》センター前の噴水《ふんすい》広場へ。雪は、だいぶ解《と》けはじめていた。

建物の前まで来て、私《わたし》はエントランスの上、二階の窓《まど》を見あげる。

どうしよう。正直、私《わたし》はまだ、覚悟《かくご》ができていない。

「……なんて話そう」

つぶやくように、ひとりごちる。

あの子に、今さら、なんて話せばいいんだろう……。

「まだそんなこと言ってんのかよ」

シャノアはあきれたように言った。

「だって、もう長いこと、話していないし……やっぱりわかんないよ」

そう言って、私《わたし》はしゃがみこむ。

シャノアはため息をついた。ぽりぽりと首のうしろをかく。

それから、「しかたないか」と、つぶやくように言った。

「なにがしかたないの?」

シャノアは答えない。まっすぐにこっちを見て、おごそかな口調で言った。

「『ハロー・マイ・フレンド』……そう話しかけるんだ」

「……さっきのあれ? 詩ってやつ?」

そういえば、私《わたし》にもそうやって話しかけてきたよね、こいつ。

だけどシャノアは首を横にふった。「ちがう。これは魔法《まほう》の言葉だ」

「魔法《まほう》？」

「ひとりぼっちのだれかが、べつのだれかとめぐりあうための魔法《まほう》の言葉」

そう言って、私《わたし》の手を取ると、なにかをそっとにぎらせる。

「これは？」と、中身を見ようとしたけど、シャノアに止められた。

「まだ見ちゃだめだ。このまま、あかずきんちゃんにわたせ」

真剣《しんけん》な表情《ひょうじょう》に、私《わたし》は気圧《けお》される。

「でも、これって……」

「種だ。あかずきんちゃんがずっと探《さが》していたもの。おまえさんがわたすんだ」

そうくりかえして、それから、シャノアはしずかに私《わたし》を見つめる。

「いいか、沙希《さき》。わからないのなら、わからないままでもいいんだ。なんて話せばいいんだろうって悩《なや》んでいること自体をそのまま伝えればいい。伝えなかったら、その気持ちはなかったことになってしまうから」

シャノアは、種をつかませた私《わたし》の右手を、上からぎゅっと両手でにぎった。

おまじないみたいに――祈《いの》りを、力を、こめるように。

「いつまでもいっしょにいられるわけじゃない。手を伸《の》ばせるなら、伸《の》ばせるときにちゃんと伸《の》ばせ」

私《わたし》はなにも言えなかった。

「あかずきんちゃんによろしくな」

そう言って手を放す。私《わたし》はにぎりしめた手をじっと見つめ、たずねた。

「シャノア、あんたはいっしょに来てくれないの？」

返事はない。

顔をあげると、そこにはもう、だれもいなかった。

「え……？　シャノア……？」

私《わたし》は立ちあがって、きょろきょろと、その姿《すがた》をさがす。黒いネコ耳帽子《ぼうし》の影《かげ》を。

だけど、噴水《ふんすい》広場にいるのは、私《わたし》ひとりだった。

ぼう然としている私《わたし》の耳に、なつかしい声がした。

「沙希《さき》！」

ふりかえると、ガラスの自動ドアが開いた。

赤いコートを着た朱理《あかり》が、明るい顔でこっちにかけよってくる。

「ひさびさじゃん！　友梨佳《ゆりか》から電話きたよ。どうしたの？」

頭のなかが真っ白になってしまった。口をぱくぱくさせて、だけど言葉は出てこない。

そのとき、風が吹《ふ》いた。

私《わたし》の頬《ほお》を、冷たい空気がそっとなでる。朱理《あかり》のおかっぱにした髪《かみ》がゆれる。

その拍子《ひょうし》に、私《わたし》の口から言葉がこぼれた。

「『ハロー・マイ・フレンド』」

朱理《あかり》はびっくりしたみたいだった。だけどすぐに、にやっと笑って言った。

「『おれの名はシャノア』！」

その返答にとまどいながらも、私《わたし》の口は、導《みちび》かれるように勝手に動いた。

「『贈《おく》りものだよ、あかずきんちゃん』」

私《わたし》はにぎりしめた右手をさしだす。朱理《あかり》は両手ですくいとるように、それを受けとった。

手のひらに落ちたのは――ラッピングされた、ひと口サイズのチョコレート。

「え？」「あ……」

私《わたし》たちの声は重なった。なんで、チョコレート？

混乱《こんらん》する私《わたし》に、朱理《あかり》は言った。

「あ、くれるの？　バレンタインデーだから？　わあ、ありがとう！」

私《わたし》はあわてて、首を横にふった。

「ちがうの。これは、シャノアから……」

朱理《あかり》は不思議そうな顔をした。

「シャノアからって……どういうこと？」

「さっきまで、いっしょにいたの。シャノアって子。あかずきん……朱理《あかり》の友だちだって、
そう言ってたけど」

私《わたし》の言葉に、朱理《あかり》は考えこんだ。しばらくして、こう言った。

「シャノアって、あのシャノアだよね？　ノートに書いてある……」

「ノート？」

「ほら、スイートスポットにある……知らないの？」

理解《りかい》が追いつかなかった。

共有ノートのこと？　そこに、シャノアのことが書いてある？

「いっしょに来てよ、沙希《さき》。見せてあげるから」

そう言って、朱理《あかり》は私《わたし》の手を引いた。

階段《かいだん》をのぼって、図書館の前を通りすぎ、やってきたスイートスポット。

さっき来たときにいた三《み》つ編《あ》みのお姉さんは、いなくなっていた。

朱理《あかり》は共有ノートをぺらぺらめくって、私《わたし》に見せる。

「ときどきだれかが書いているの。わたし、その人に会ってみたいって思ってたんだ」

ページをのぞきこむと、そこにはこうあった。

ハロー・マイ・フレンド
おれの名はシャノア
ひとりぼっちのきみによりそう

「シャノアはフランス語で『黒猫《くろねこ》』っていう意味。まえに、理緒《りお》が教えてくれた」

黒猫《くろねこ》……私《わたし》の脳裏《のうり》に浮《う》かぶ、ネコ耳のついた黒い帽子《ぼうし》。

朱理《あかり》は続けた。

「詩だけじゃなくて、おはなしが書いてあるときもある。シャノアのこと。ほんとうは黒《くろ》猫《ねこ》なんだけど、ネコ耳のついた帽子《ぼうし》の男の子の姿《すがた》に変身して、悩《なや》んでいる子たちの前に現《あらわ》れる。それから、にやにやしながら言うんだ。『ハロー・マイ・フレンド』って……でも、ほんとう？　沙希《さき》、ほんとうにシャノアに会ったの？」

私《わたし》はなにも言えなかった。朱理《あかり》の言った特徴《とくちょう》は、そっくりそのまま、あの子に当てはまる。そういえば、あの子が話しかけてきたのは、ちょうどこのノートを読もうとしていたときだった。いったい、どういうことなんだろう……。

「沙希《さき》？」

朱理《あかり》の声に、我《われ》に返る。

「うん……その子、たしかにシャノアって言ってた。二年生くらいかな、生意気な感じの子。朱理《あかり》の言ったとおり、ネコ耳のついた黒い帽子《ぼうし》をかぶってた。で、私《わたし》に言ったんだ」

――おまえ、あかずきんちゃんに会いに来たんだろ？

――おれもあいつに用があるんだ。わたしたいものがあってさ。いっしょに行こうぜ。

「それで、私《わたし》、シャノアといっしょに朱理《あかり》のことをさがしに行ったんだ」

「わたし、を……？」

朱理《あかり》が、しずかにそう言った。私《わたし》はうなずく。

だけど……。

そこまできて、私《わたし》はふと思った。あの子はほんとうにいたんだろうかって。

だって、よく考えてみると、そう。私《わたし》はあの子と話したけれど、朱理《あかり》のお母さんも、愛奈たちも、友梨佳《ゆりか》もだれも……直接《ちょくせつ》シャノアには会っていない。

でも……。

――あかずきんちゃんによろしくな。

いたずらっぽい声が、私《わたし》の脳裏《のうり》によみがえる。

きっとあの子がいなかったら、私《わたし》、今日も朱理《あかり》に話しかけられなかった。

「あかずきんちゃんをさがして……」

つぶやくように、朱理《あかり》が言う。見ると、ひどく真剣《しんけん》な顔をしていた。

「どうしたの？」と、私《わたし》はたずねる。

朱理《あかり》は、はっと気づいたような表情《ひょうじょう》をして、それから照れくさそうに笑った。

「ごめん。おはなしのこと考えてた」

おはなし？

「最近スランプでさ。新しいおはなしが、どうしても書けなくて。展開《てんかい》もぜんぜん思いつかないし、こまっていたんだ。でもさ、今、沙希《さき》と話してて、思いついたの。ほら、あかずきんちゃんがどこかに行っちゃって、それを、ほかの子たちがさがすおはなし」

あかずきんちゃんをさがすおはなし……。

「うん！　今までさ、ずっとあかずきんちゃんを主人公にしてたけど、そういうのも、たまにはおもしろいかもしれない！」

興奮《こうふん》した顔で、朱理《あかり》は言った。今にもぴょんぴょん跳《と》びはねそうだ。

無邪気《むじゃき》にはしゃぐその様子はむかしのままで、なつかしさに胸《むね》が熱くなる。

「ありがとう、沙希《さき》！　これで続きが書けるよ」

ぴかぴか光るような笑顔《えがお》で、そんなことを言う朱理《あかり》。

きゅっと、胸《むね》のおくがやわらかく収縮《しゅうしゅく》するのを、私《わたし》は感じた。

「べつに、お礼なんかいいよ」

私《わたし》の言葉に、朱理《あかり》は首を横にふる。

「ううん、だってこれは、沙希《さき》がくれた『おはなしの種』だから」

「おはなしの、種？」

朱理《あかり》の言葉を、そっとくりかえす。おはなしの種……。

じわりと景色がにじんだ。朱理《あかり》の顔が見えなくなる。

「え？　ど、どうしたの、沙希《さき》？　だいじょうぶ？」

ぽろぽろと、涙《なみだ》がしたたって、私《わたし》はちいさくはなをすする。

そっか。そうだったんだ。

シャノアが私《わたし》に託《たく》してくれたのは、あの子があかずきんちゃんにとどけたかった種は、
朱理《あかり》がこれから書くはずの、おはなしの種だったんだ。

「待って、ほら、わたしティッシュ持ってるよ！　持ち歩くようになったから！」

そんなことを言いながら、朱理《あかり》は私《わたし》の顔をティッシュでぬぐった。私《わたし》は笑った。

「だいじょうぶ、ありがと」

それから私《わたし》は気づいた。朱理《あかり》の背《せ》が、まえよりずっと、大きくなっていること。

だって、私《わたし》の顔に、背伸《せの》びしなくても手がとどいてる。

「……あのさ、朱理《あかり》」

私《わたし》は言った。ずっと言いたかったことがようやくわかったから。

「おはなし、書けたら私《わたし》にも見せてよ」

そうだ。
だんだんと、疎遠《そえん》になって。なんて話しかけたらいいかわからなくなって。
それでも、私《わたし》、ずっとそう思ってた。
朱理《あかり》が書いた物語を読みたい、って。
朱理《あかり》がさ、どんなことを考えているのか。
朱理《あかり》の心の内側にどんな世界が広がっているのか。
ずっとずっと、私《わたし》は知りたかったんだ。

すると朱理《あかり》はきょとんとして、それからにっこりと笑った。
「あたりまえじゃん。だって――」

だってわたしたち、友だちだもんね。

その言葉に、やっぱり胸《むね》が苦しくなって、私《わたし》はそっと手を伸《の》ばす。両手でくしゃくしゃと頭をなでると、朱理《あかり》は「やめてよー」と言いながら、くすぐったそうに笑った。

「ごめんね、朱理《あかり》」

私《わたし》は言った。朱理《あかり》は首を横にふる。「いいよ、べつに」

それから、私《わたし》をまっすぐ見て、ちょっぴり照れくさそうに言った。

「沙希《さき》とひさびさに話せて、すごくうれしかったよ」

私《わたし》は、朱理《あかり》のまぶしさに目を細める。

それから、あの子が教えてくれた魔法《まほう》の言葉を、心のなかでつぶやいた。

ハロー・マイ・フレンド。

ありがとう、シャノア。

窓《まど》の外はまだ白くって、足あとがどこかに続いている。

秘《ひ》密《みつ》のゆくえ

いつからだったか、だれの目にもふれないように、必死に隠《かく》してきた気持ち。胸《むね》のおくにしまいこんで、いくつも鍵《かぎ》をかけ、厳重《げんじゅう》に守ってきた大切な想《おも》い。

私《わたし》――櫻井美咲《さくらいみさき》が今までずっと、ひとりぼっちで抱《かか》えこんできた秘密《ひみつ》。

それをお兄ちゃんにうちあけたのは、去年の秋の終わりのことだった。

すこしでも気を抜《ぬ》いたら、あっという間に涙《なみだ》がこぼれそうだった。

ふるえる声で話す私《わたし》のことを、お兄ちゃんはやさしい眼差《まなざ》しで、じっと見ていた。

「クラスに、気になっている女の子がいるの」

あの子はひとりぼっちで、だれに対しても心を閉《と》ざしていて。

教室のすみで本を読んでいる姿《すがた》が、だれかに似《に》てるなって、そう思ってた。

見ているだけでよかった。たとえ、友だちになれなかったとしても。

だけど、おなじクラスで過《す》ごすうちに、私《わたし》は自分の気持ちに、気づいてしまった。

どうして、その子のことが、そんなにも気になってしまうのか。

その子に対して抱《いだ》いていた感情《かんじょう》の正体は、ひた隠《かく》しにしてきた私《わたし》の秘密《ひみつ》と、深く深く、つながっていたのだった。

「ずっとずっと、悩《なや》んでたんだ。だれにもばれないように隠《かく》して、おしころして、でもその気持ちは、消えてくれなかった。おかしいってわかってる。いけないことだってことも。

でも、ほんとうにほんとうに、どうしようもなかった」

私《わたし》はそう言って、はなをすすった。

しゃくりあげそうになるのを必死にこらえて、私《わたし》はうるんだ目で、お兄ちゃんを見る。

「私《わたし》は――」

私《わたし》の告白《こくはく》を、お兄ちゃんはだまって聞いてくれた。

高校一年生の夏ごろから、部屋に引きこもり、自らを世界から閉《と》ざしたお兄ちゃん。

頭の悪い連中はお兄ちゃんに心ない言葉を浴《あ》びせたけれど、私《わたし》にとっての櫻井咲人《さくらいさきと》は、いつだってやさしくてかしこい、自慢《じまん》の兄だった。


甘縄《あまなわ》図書館はいつもどおり、しずかで、独特《どくとく》のにおいがした。古い本のにおい？　わからない。でも、図書館には図書館にしかないにおいがあると思う。

本棚《ほんだな》に収《おさ》められた何千冊《さつ》もの本と、そこに記されたそれぞれの物語。

私《わたし》は児童書の棚《たな》のとなりにある閲覧用《えつらんよう》のテーブルで、しずかに本を読んでいた。タイトルは、『魔法使《まほうつか》いのアルペジオ』。ギターを弾《ひ》く魔女《まじょ》が主人公のファンタジー小説だ。

五巻《かん》まで刊行《かんこう》されていて、続きは来年の夏に予定されているらしい。

今、読んでいるのは最新刊《さいしんかん》。迷子《まいご》になった水《みず》の精《せい》を、ギター弾《ひ》きの魔女《まじょ》は家に帰そうとする。しかし水《みず》の精《せい》は自分のすみかがどこなのか、話そうとしない――そんなおはなし。

四時半のチャイムが鳴る。

私《わたし》は大きく伸《の》びをして、となりでおなじように本を読んでいた女の子に、話しかける。

「そろそろ、行こうか」

「そうね。外で話しましょう」

倉木《くらき》さんはそう言って、いすから立ちあがる。腰《こし》まである三《み》つ編《あ》みのおさげに、ブラウスとジャンパースカートのいでたちは、最初におなじクラスになった三年生のときから変わらない。びっくりするくらい読書家なのも、そのころからずっと。

でも、変わってないのは、見た目だけ。

トートバッグを肩《かた》にかけて、たたんだコートを片手《かたて》に、倉木さんは私《わたし》を見る。

「どうしたの？　櫻井《さくらい》。置いていくわよ」

「ううん、今行く」

私《わたし》も立ちあがる。そして、『魔法《まほう》使いのアルペジオ』の五巻《かん》を持って、貸《か》し出《だ》しカウンターのほうへと向かった。

倉木さん――倉木小夜子《さよこ》と私《わたし》の読書会がはじまったのは、三学期になってからだ。

今は二月の半ばだから、ちょうど一か月くらいか。

私《わたし》は、倉木さんが教室で読んでいた『魔法《まほう》使いのアルペジオ』という本が、ちょっぴり気になっていた。でも、そのことについて、話しかけたのは二学期の終わりのころ。

「今度貸《か》してくれない？」

緊張《きんちょう》しながらたずねる私《わたし》に、その本は図書館で借りたものだと、倉木さんは言った。

それが、いっしょに図書館に行くようになる、最初のきっかけ。

週に二回、放課後、私《わたし》たちは家に帰ったあと、甘縄《あまなわ》図書館で待ち合わせて本を読む。倉木さんは自分の本。私《わたし》は倉木さんにおすすめされた本。私《わたし》は今まであまり読書をしてこなかったのだけど、倉木さんの選んでくれた本は、どれもおもしろかった。その感想について話しあうことも、とても新鮮《しんせん》で楽しかった。

こんなふうにふたりで本の話をするなんて、今までだったら、ありえなかっただろう。

だって、倉木さんはずっとずっと、ひとりぼっちだったから。

だれひとりとしてよせつけず、とげとげしい雰囲気《ふんいき》をまとって、教室のすみで本を読んでいる女の子。それが倉木小夜子《さよこ》だった。それこそ、おなじクラスになったころから。

私《わたし》は彼女《かのじょ》のことを見ていた。その姿《すがた》に、おなじく読書家であるお兄ちゃんのことを思いながら。でも、ずっと、話しかけられずにいた。まあ、ささいなトラブルに巻《ま》きこまれそうになった倉木さんを、陰《かげ》ながら助けたりしたこともあったけれど、たぶん、本人は気づいていないだろうし、私《わたし》もそれでいいと思っている。

私《わたし》はそれなりに友だちのいる、ふつうの女の子。

倉木さんはクラスのすみっこにいる孤高《ここう》の存在《そんざい》。

ずっとそうだったし、そのまま卒業するものだと、そう思っていた。

だけど二学期になって、六年一組にやってきた転校生のせいで、なにもかも変わった。


冬の風は冷たいけれど、甘縄桜《あまなわざくら》のつぼみは、だいぶふくらんできている。

私《わたし》たちは、図書館の前の噴水《ふんすい》のふちに腰《こし》かけて、おしゃべりに興《きょう》じていた。

「どこなんだろう、水《みず》の精《せい》のすみか。池とか、湖とか、川とか……でも、名前がついている場所なんだよね？　わからないな」

読んでいる本の続きについて考えている私《わたし》を、倉木さんは楽しそうな表情《ひょうじょう》で見ていた。

「こういうのは、先に読み終わっている者だけが持つ特権《とっけん》ね。さあ、考えてみて。私《わたし》は答えを知っているけれど、あなたが悩《なや》んでいるのを横で見ているのは、楽しいわ」

「性格《せいかく》が悪いなあ」

「じゃあ、ネタバレしてもいいの？」

「それはだめ」

そんな話をしながら、私《わたし》たちは笑う。

私《わたし》にとって、この時間はほんとうに大切で、かけがえのないものだ。

お日さまが山の端《は》にかかって、空は夕焼け色に燃《も》えている。

しばらくして、倉木さんはこんなことを言った。

「明日はバレンタインデーね。櫻井《さくらい》はチョコレートわたしたりするの？」

私《わたし》はびっくりした。倉木さんから、そんな話題が出るとは思わなかったから。

「なんで？」

「私《わたし》、今年は、明來《あくる》や優歌《ゆうか》たちと、友チョコを交換《こうかん》するつもりでいるの。あと、まあ、巴《ともえ》もね。それでよかったら、あなたもどうかと思って」

なんでもないような顔で、倉木さんは言う。私《わたし》は胸《むね》が熱くなった。

「私《わたし》も、いいの？」

かすれた声でつぶやく。倉木さんはうなずいて、そっと私《わたし》の手をにぎる。

「あなたと本の話するの、楽しいし。明來《あくる》のやつは、本、読まないから」

じわじわと、幸せな気持ちにつつまれながら、私《わたし》はほほえんだ。

「そっか。うん……そう言ってくれてうれしい」

大きく息をついて、私《わたし》は空を仰《あお》ぐ。夕日の色がだんだんと群青《ぐんじょう》にしずんでいく。

倉木さんの手をにぎりかえして、私《わたし》はそっと口を開いた。

「秘密《ひみつ》の話、聞いてくれる？」

「なに？」

「私《わたし》さ、すきな人がいるんだ」

その言葉に、倉木さんがおどろいたのが、そっちを見なくてもわかった。

「ずっとずっと、私《わたし》、その人のことを思っていたし、きっと、これからもそう。つきあいたいとか、そういうのじゃないんだ。私《わたし》はその人のいちばんじゃなくていい。ただ、幸せでいてほしいの。うん、幸せになってほしい」

「それって……」

倉木さんはそう言って、でも、言葉は続かないみたい。

だけど、私《わたし》の言っていることの意味は、ちゃんとわかったみたいだった。私《わたし》は照《て》れ隠《かく》しのように笑って、噴水《ふんすい》のふちから立ちあがる。

「チョコレート、用意しておくね。暗くなってきたから、帰ろ」

倉木さんはうなずいた。ワインレッドのマフラーに顔をうずめて、白い息をはく。

「……そうね。じゃ、また明日、学校で」

「うん、学校で」

そうして、私《わたし》たちは別れた。左手に、倉木さんの体温がまだ残っている。


自転車に乗って、自分の家のほうへと向かいながら、私《わたし》はため息をつく。最初に、倉木さんが私《わたし》を図書館に誘《さそ》ってくれたときのことを、なんとなく思いだしていた。

——今度あたしといっしょに図書館行こうぜ！

ふだんの倉木さんらしからぬその言い方は、ある女の子のまねをしたものだった。

明來《あくる》ちゃん——三橋明來《みつはしあくる》。

二学期にやってきた転校生。編《あ》みこんだ前髪《まえがみ》に、色とりどりのビーズをつけた三《み》つ編《あ》みがトレードマークの女の子。倉木さんがはじめて心を開いた親友。

あの子のおかげで、倉木さんは今みたいに人と関わるようになった。

「はっはー、あたしはたいしたことしてないってば。小夜《さよ》ちゃんが一歩ふみだしたのは、小夜《さよ》ちゃん自身の力だよ」

道化《どうけ》のようなあの子は、そんなふうにとぼけてみせるけど、それでも、倉木さんが変わったのは、明來《あくる》ちゃんと出会ったからにちがいなかった。

そして、そんなふたりを見て、私《わたし》自身も変わろうと思った。

倉木さんみたいに、一歩ふみだそうと。

明來《あくる》ちゃんみたいに、大切な人に手を伸《の》ばそうと……そう思ったんだ。

マンションの駐輪場《ちゅうりんじょう》に自転車をとめ、エントランスへ。

ポストに手紙がとどいているかと見に行くと、そこで、制服姿《せいふくすがた》の女の人に出くわした。

だれだろう？　このマンションの人ではないみたいだけど。高校生かな。胸元《むなもと》の校章に目をやって、私《わたし》は思わず息をのんだ。お兄ちゃんとおなじ高校。

その人は私《わたし》に気づいて、声をかけてきた。「美咲《みさき》ちゃん？」

「……どちらさまですか？」

私《わたし》がたずねると、その人はあわてたようだった。

「ああ、覚えてないか。そうだよね、ごめんなさい」

それから、その人は言った。

「私《わたし》、皆本翠《みなもとひすい》って言います。櫻井咲人《さくらいさきと》さんの同級生です」

私《わたし》は疑《うたが》わしく思いながら、「皆本翠《みなもとひすい》」と名乗ったその人を見つめる。

「ううん、元同級生かな。正確《せいかく》には」

皆本《みなもと》さんは、そう言いなおした。

「咲人《さきと》くんが、高校にいたときの友だち。クラスメイト。まえに何度か、このマンションまで来たことがあるの。美咲《みさき》ちゃんはちいさかったから、忘《わす》れちゃっただろうけど、あなたにも会ったことあるよ」

私《わたし》は覚えていなかった。たしかに、お兄ちゃんが不登校になったばかりのころ、何人かの友だちが、うちまで来ていた。担任《たんにん》の先生も、何回か。小学四年生だった私《わたし》が見てもたよりなさそうな、若《わか》い女の先生。何度も何度も、うちに謝《あやま》りに来ていた。

もっとも、その先生も、友だちも。

だれひとりとして、お兄ちゃんに会うことはできなかったけれど……。

「兄に、なにかご用ですか？」

私《わたし》はたずねる。

「あの、手紙を持ってきたんだ。私《わたし》、ずっと咲人《さきと》くんのこと、気になっていたの。だから、卒業するまえに、ちゃんと謝《あやま》っておきたくて」

「……皆本《みなもと》さん、お兄ちゃんがどうして不登校になったのか、知ってるんですか？」

声がきつくなっているのが、自分でもわかった。

皆本《みなもと》さんはじっと私《わたし》を見た。眉根《まゆね》にきゅっとしわをよせて。なにか、痛《いた》いのを我慢《がまん》しているみたいな顔で、つぶやくように言った。

「知ってる」

頭のなかが真っ白になった。私《わたし》は声をしぼりだす。

「……うそ。だって……だって、だれも知らないって。うちにお見舞《みま》いに来た人たちも、担任《たんにん》の先生も。だれも、なにもわからないって……そう言ってた」

「そうだと思う。だって、私《わたし》、だれにも話さなかったから」

ぎゅっと、うるんだ目を細めて、皆本《みなもと》さんは言った。

「どういうこと？」

そうしたら、皆本《みなもと》さんは、深々と頭をさげた。

「ごめんなさい、美咲《みさき》ちゃん。咲人《さきと》がああなったのも、ぜんぶぜんぶ、私《わたし》のせい。美咲《みさき》ちゃんは、私《わたし》のことをうらむ権利《けんり》がある。ほんとうにごめんなさい」

私《わたし》の体が自分でもびっくりするくらいの速さで動き、ぱん、と高らかな音が鳴った。

手のひらが痛《いた》む。頬《ほお》をはたかれた皆本《みなもと》さんは、そのまま顔を背《そむ》けている。

「説明して」

私《わたし》は低い声で言った。「お兄ちゃんに、なにをしたの」

「……言えない。でも、私《わたし》のせい」

「言いなさいよ！」

私《わたし》はさけんだ。わん、と声がホールに反響《はんきょう》し、ゆらいで消える。

「……これ、謝罪《しゃざい》の手紙なの」

皆本《みなもと》さんは、そう言って、封筒《ふうとう》を差しだしてきた。

「咲人《さきと》に……咲人《さきと》くんに、わたしてほしい」

私《わたし》はためらった。受けとっていいものか悩《なや》んだ。皆本《みなもと》さんはまっすぐに私《わたし》を見つめている。その瞳《ひとみ》には強い覚悟《かくご》のようなものがあって、だからこそ私《わたし》はいらだった。

「……ゆるさないから」

私《わたし》はひったくるように手紙を受けとると、そのまま背中《せなか》を向けて、エレベーターのほうへと歩いていった。心のなかはぐちゃぐちゃにあれていて、なぜだか涙《なみだ》が出そうだった。

エレベーターに乗りこみ、二階のボタンを押《お》す。しまるドアのむこうに、あの人の姿《すがた》が見えた。さっきとおなじ場所に立ったまま、じっとこっちを見ていた。

私《わたし》は大きく息をつく。

のぼっていくエレベーターのなかで、お正月にあったことを思いだす。

■●♥▮

「高卒認定《にんてい》試験を受けようと思うんだ。大学に行きたいから」

お兄ちゃんは、元日の朝、リビングに出てきて言った。お父さんもお母さんも、泣きそうなくらいによろこんだ。お兄ちゃん、引きこもってから一度も、家族とごはんを食べようとしなかったくせに、私《わたし》のとなりにすわって、なんだか神妙《しんみょう》な顔で、お雑煮《ぞうに》を食べてた。

「二年ぶりか。家族みんなで過《す》ごすお正月は」

お父さんはそう言って、ため息をついた。

「咲人《さきと》……ありがとうな。もどってきてくれて」

「心配かけて、ごめんなさい」

お兄ちゃんは言った。

「哲学科《てつがくか》のある大学に行きたいんだ。できれば、寮《りょう》のあるところ。勉強しながら、ひとり暮《ぐ》らしをしてみたくて。たぶん、一年間、浪人《ろうにん》することになると思う。わがままばかりでごめん。お金は、おとなになったらちゃんと返すから」

お母さんは、はなをすすって、でも、ほほえむ。

「いいのいいの。咲人《さきと》が元気になってくれて、うれしい」

お父さんはたずねた。

「なにか、心境《しんきょう》の変化があったのか？　ほら、咲人《さきと》。おまえ、学校に行かなくなった理由も、閉《と》じこもるようになったきっかけも、なにも話してくれなかったから」

すると、お兄ちゃんは肩《かた》をすくめた。

「気持ちの整理ができたのは、たしかかな。それに……」

そう言って、私《わたし》のほうを見てほほえむ。

「美咲《みさき》も中学生になるんだし、ぼくも、いつまでも立ち止まってはいられないよ」

私《わたし》はうれしかった。

お兄ちゃんが自分のやりたいことを見つけて、ちゃんとそれを口に出して、そのために動きだそうって、そうしていることが。大学の哲学科《てつがくか》という進路は、お兄ちゃんにぴったりだって、私《わたし》はそう思った。


お兄ちゃんが、私《わたし》と話をしてくれるようになったのは、明來《あくる》ちゃんとの電話がきっかけだった。十一月の半ばのことだ。

これは私《わたし》も知っていたことだけど、倉木さんには「見えないお友だち」がいた。イマジナリーフレンド。黒いネコの姿《すがた》をした空想上の友人。でも、明來《あくる》ちゃんが転校してきてから、なぜかその「お友だち」が消えてしまったようだった。

そして、明來《あくる》ちゃんは、その子のことを取りもどそうとしたらしい。

そのために、明來《あくる》ちゃんは私《わたし》に協力を依頼《いらい》し、私《わたし》はお兄ちゃんを紹介《しょうかい》した。私《わたし》にイマジナリーフレンドのことを教えてくれたのは、ほかでもないお兄ちゃんだったから。

電話越《ご》しにふたりが会話するのを、私《わたし》はとなりで聞いていた。

心についての話。そもそも心とはなにか。いったい、心は肉体のどこにあるのか。そして、イマジナリーフレンドに心はあるのかどうか……。

その会話は、すごく、お兄ちゃんらしかった。そうだった。お兄ちゃんはこういうことを、ときどき言っていた。こういう哲学的《てつがくてき》なことを考えるのがすきだった。

電話を切ったあと、お兄ちゃんはほほえんでいた。なにか大切な思い出をなつかしむように、満ち足りた表情《ひょうじょう》をしていた。

お兄ちゃんが変わりはじめたのは、それからのことだった。

私《わたし》とよく、話をしてくれるようになった。私《わたし》の考えを聞いてくれるようになった。

そのことが、私《わたし》はほんとうにうれしくて。

ずっとずっと、隠《かく》してきた気持ちについて、お兄ちゃんにうちあけた。

「ただいま」

B号棟《とう》、二〇三号室のとびらを開け、私《わたし》は言った。返事はない。きっと、部屋で勉強しているんだろう。玄関《げんかん》でスニーカーをぬぐ。手をあらって、うがいをして。かばんを自分の部屋に置いて。それから、となりの部屋のとびらをノックした。

「……なんだい？」

深呼吸《しんこきゅう》をひとつ。だいじょうぶ。もう、私《わたし》は落ちついている。

「お兄ちゃん？　入っていい？」

「どうぞ」

私《わたし》はとびらを開けた。

蛍光灯《けいこうとう》のあかり。本棚《ほんだな》からあふれた本の山。すこしほこりっぽいにおい。

「おかえり、美咲《みさき》。読書会はどうだった？」

パソコンの前のいすに腰《こし》かけて、お兄ちゃんはそう言った。

やわらかくて、やさしくて、どこか、からかってるみたいな、そんな声。

「楽しかったよ。やっぱり、おもしろいね。『魔法《まほう》使いのアルペジオ』。お兄ちゃんがファンになるだけのことはある」

私《わたし》はそう言って笑う。お兄ちゃんはうなずいた。

「その作者の本は、どれもおすすめだよ。今度、読んでみるといい」

「そうだね。『アルペジオ』が読み終わったら」

「……それで？」

お兄ちゃんはちいさくほほえんで、私《わたし》にたずねた。

「なにか、話したいことがあるんだろう？」

私《わたし》はしばらくまよってから、でも、うなずいた。

話さないといけない……私《わたし》は覚悟《かくご》を決めて、口を開く。

「下のエントランスで、皆本翠《みなもとひすい》さんって人に会ったよ。お兄ちゃんの友だちだって」

そう言って、私《わたし》は手紙を差しだす。お兄ちゃんの表情《ひょうじょう》が固まったのを私《わたし》は見逃《みのが》さない。

「その人、自分のせいだって言ってた。自分がお兄ちゃんを傷《きず》つけたって」

私《わたし》は、お兄ちゃんの顔をまっすぐ見てたずねた。

「だから、学校に行かなくなったの？」

その人——皆本翠《みなもとひすい》との間に、なにがあったの？

お兄ちゃんは無表情《むひょうじょう》で、私《わたし》はそれがひどくこわかった。

その顔は、お兄ちゃんが引きこもって、私《わたし》たちと話をしてくれなかったころとおなじ顔だ。だから、そのころにもどっちゃうんじゃないかって思った。

それでも、私《わたし》は言わなければいけない。

「話してよ」

お兄ちゃんはまばたきをひとつする。それから、やわらかくほほえんで言った。

「ちょっとだけ、手紙を読む時間がほしい」

「お兄ちゃん……」

「あとで話す。約束する。でも、先に手紙を読みたい」

私《わたし》は、じっとお兄ちゃんの顔を見た。やさしい笑《え》みは、私《わたし》を安心させようとするもので、だけど、だからこそ、私《わたし》は距離《きょり》を感じてしまう。

「ほんとうに？」

「すぐに終わるよ」

私《わたし》はため息をつくと、お兄ちゃんのベッドに腰《こし》かける。

お兄ちゃんは封《ふう》を切って、いすにすわったまま手紙を読みはじめた。

私《わたし》は皆本《みなもと》さんのことを考えた。同級生って、あの人は言ってたけど、ほんとうにそれだけ？　もしかして、それ以上の関係だったんじゃないの？　お兄ちゃんにとってはそうじゃなくても……。

それはほとんど、カンと言うか、見ようによっては言いがかりみたいなものだったけれど、でも、こういうときの私《わたし》はするどい。なんとなくの雰囲気《ふんいき》や、言葉の端々《はしばし》から、あの人がお兄ちゃんに対して好意を持っているって、ちゃんとわかった。


――咲人《さきと》があああなったのも、ぜんぶぜんぶ、私《わたし》のせい。

――咲人《さきと》に……咲人《さきと》くんに、わたしてほしい。


私《わたし》はぎゅっとこぶしをにぎった。つめが手のひらに食いこむ痛《いた》み。

「じゃ、話をしよう」

お兄ちゃんはそう言って、手紙をたたんだ。あいかわらず文章を読むのが速い。

「あの人、だれ？　お兄ちゃんの友だちだったの？」

私《わたし》はたずねる。そうしたら、お兄ちゃんはうなずいた。

「親友だった」

ちいさくほほえんで、なつかしそうに目を細めるお兄ちゃん。

「小学校中学校といっしょだったけど、おたがいの存在《そんざい》を認識《にんしき》したのは、高校に入ってからだ。席がとなりになって、話すようになって。そして、とても気が合うことに気づいた。休み時間、よく話をした。本の話とか、思想や哲学《てつがく》の話とか――心の話とか」

「……ふーん、そう」

私《わたし》はおもしろくなかった。あからさまにふきげんな返事をしてしまった。

「で？」

お兄ちゃんはすこし考えるようなしぐさをした。

「そうだね……翠《ひすい》のことを、ぼくは親友だと思っていたけれど……」

お兄ちゃん、あの人のこと名前で呼《よ》んでるんだ。

「……あっちはちがったみたいだ。一学期の最後にね。告白《こくはく》されたんだよ。すきだって」

「やっぱり」

「なんだい？　やっぱりって」

お兄ちゃんは笑った。なんだろう、私《わたし》の反応《はんのう》がおもしろいみたい。

それはそれで癪《しゃく》だな。

「それから？」

「ぼくはその気持ちにこたえられなかった――うん、ひどいふりかたをしてしまってね。たぶん、ぼくは翠《ひすい》のことを、傷《きず》つけてしまったんだと思う」

「ふーん……ん？」

あれ？　おかしくない？

「でも、皆本《みなもと》さん、『私《わたし》のせい』って言ってたけど……」

「そう思ってるみたいだ。手紙を読むと」

ひょうひょうと、お兄ちゃんは言った。

「おかしな話だね。ふったのはぼくのほうなのに、それがきっかけだって思いこんでるんだよ、翠《ひすい》のやつ。自分が友情《ゆうじょう》をこわしたから、ぼくが傷《きず》ついて、学校に来なくなったんだって、そう思ってるみたいなんだ」

なんだろう、体から力が抜《ぬ》けるような気がした。お兄ちゃんは続けた。

「翠《ひすい》のかんちがいだよ。ちゃんと、訂正《ていせい》してあげないとね。きみのせいじゃないって」

「そっか……なあんだ……」

私《わたし》はそう言って、ちいさくため息をついた。

「うん、それだけの話だよ。でも、本人はずっと気にしていたんだろうね。高校を卒業するまえに、謝《あやま》っておきたかったって」

私《わたし》はおもわず笑ってしまった。

「おっちょこちょいだね、皆本《みなもと》さん」

「ほんとうにね」と、肩《かた》をすくめるお兄ちゃん。

でも……うん？

「じゃあ……けっきょく、お兄ちゃんはどうして……？」

すると、お兄ちゃんはちいさく笑った。

「それは秘密《ひみつ》」

「……ちゃんと話すって、言ったじゃん」

じっとりと、お兄ちゃんのことをにらむ。だけど、お兄ちゃんはぜんぜん気にしてない。

「翠《ひすい》との間におこったことは、ちゃんと話しただろ？」

「ずるい！」

私《わたし》はそばにあったクッションを投げつけた。よけられた。

「ハッピーバレンタインだよう！」

翌日《よくじつ》、二月十四日。

教室に着くと、優歌《ゆうか》ちゃんが楽しそうに、大きな袋《ふくろ》からチョコレートを配っていた。

天海優歌《あまみゆうか》。天然ぶっているように見えるけど、べつに計算しているわけじゃない。ただただマイペースなだけ。うららかなお日さまみたいな笑顔《えがお》で、にこにことチョコレートをわたしていく。男子も女子も関係ない。優歌《ゆうか》ちゃんの前では人類みな平等。

となりでため息をついているのは、そんな優歌《ゆうか》ちゃんの親友ポジの子、巴《ともえ》ちゃん。

「あのね、優歌《ゆうか》。何度も言うけど、あんまり大声出すと、先生が来るから……」

「だいじょうぶ！　坂井《さかい》先生の分も、もちろんあるよう！」

「そういうことじゃないんだけど……まあ、いいか」

巴《ともえ》ちゃん、あきらめたっぽい。

「あ！　美咲《みさき》ちゃん美咲《みさき》ちゃん！　ハッピーバレンタインなんだよう！」

そう言って、私《わたし》にもチョコレートをくれる優歌《ゆうか》ちゃん。

「ありがとう、優歌《ゆうか》ちゃん」

「なんのなんの！　これはほんの気持ちだよう！　あふれんばかりのらぶ！」

いつもの十倍くらい、優歌《ゆうか》ちゃんはテンションが高かった。

私《わたし》はランドセルを置いて、それから、窓際《まどぎわ》のほうへ歩いていった。

杉田《すぎた》っちや柊《ひいらぎ》さんたちとなにかを話しこんでいる明來《あくる》ちゃんの肩《かた》をそっとたたく。

「おろ？　どうしたよ、美咲《みさき》ちゃん」

ふりかえった明來《あくる》ちゃんのチョコレートみたいな色の瞳《ひとみ》が私《わたし》をとらえた。

「ちょっとだけ話したいんだけど、いい？」

「ん。わかった。じゃ、いつもの場所だね」

それから明來《あくる》ちゃんは、話していた子たちのほうを見て、手を合わせた。

「ちょーっとごめんね。みんなのアイドル・サッキーがあたしに告白《こくはく》するっていうから」

「明來《あくる》ちゃん、おこるよ？」


図工室。モナリザの模写《もしゃ》の下で、私《わたし》は明來《あくる》ちゃんと向かいあった。まだ、朝のホームルームまで、しばらく時間がある。

「なんだろう、もう、この感じにもなれたよね」

明來《あくる》ちゃんは、髪《かみ》につけたビーズを指でいじって、にやにやした。たしかに、私《わたし》と明來《あくる》ちゃんは、よくこの図工室でないしょ話をしている。私《わたし》はクッキーの包みを差しだした。

「はい、明來《あくる》ちゃんへ」

「さんきゅー、美咲《みさき》ちゃん。へっへっへ。あたしったらモテモテだぜ」

明來《あくる》ちゃんの冗談《じょうだん》を聞き流して、私《わたし》は言う。

「ほんとうに感謝《かんしゃ》してる。明來《あくる》ちゃんには」

私《わたし》は大きく息をついて、それから、まっすぐに明來《あくる》ちゃんを見た。

「私《わたし》、明來《あくる》ちゃんみたいになりたい」

明來《あくる》ちゃんはちょっとだけ目を大きくした。私《わたし》は続けた。

「あなたみたいに、大切な人の助けに、その人にとっての光になりたい。だから、負けたくないって、そう思っていたんだけど……どうだろうね。明來《あくる》ちゃんほど、うまくやれてる気は、まだしないかな」

「はっはー。おいおい、美咲《みさき》ちゃん。そんな、『ぷー』なこと言うもんじゃないぜ?」

ぐるりと目をまわして、明來《あくる》ちゃんは笑った。

「あたしはさ、自分がやりたいようにしているだけ。だれかを助けようなんて考えてないってば。だから、美咲《みさき》ちゃんは美咲《みさき》ちゃんのままでいれば、それでいいんだよ」

それから明來《あくる》ちゃんは、いたずらっぽい表情《ひょうじょう》で続けた。

「それにさあ、ほんとはわかってるんでしょ？　ちゃんとうまくやれてるって。ちょっとずつでも、前に進んでるって。美咲《みさき》ちゃん、まえよりずっといい顔してるもん」

私《わたし》は苦笑《くしょう》した。

やっぱり、明來《あくる》ちゃんに隠《かく》しごとはできないや。

「うん、そうだね……ほんとうにちょっとずつだけど、ね」

肩《かた》をすくめて、それから明來《あくる》ちゃんは、やさしい目でこっちを見た。

「読書会、続けてるんだって？」

「……明來《あくる》ちゃんも、よかったらどう？」

「遠慮《えんりょ》しとくよ。あたし、本読むの苦手だからさ」

明來《あくる》ちゃんの言葉に、私《わたし》はいたずらっぽい顔でたずねる。

「もしかして、ちょっとさびしかったりする？」

「いやいや、小夜《さよ》ちゃんと美咲《みさき》ちゃんがなかよくなったの、あたしもうれしいもん」

だから、ハッピピッピーってやつだよ、マジで。

そう言って、明來《あくる》ちゃんはちいさく笑った。

読書会がはじまったばかりのころ、倉木さんは私《わたし》にたずねた。

「なんでそもそも、『魔法《まほう》使いのアルペジオ』を読もうと思ったの？」

私《わたし》はちょっとばかり、言葉につまった。

「言いたくないなら、いいけど……」

すこしざんねんそうな、倉木さんの無表情《むひょうじょう》。

「でも、私《わたし》びっくりしたのよ。あなたがいきなり私《わたし》に話しかけてきて、本のことたずねるなんて……今まで、ろくにしゃべったことなかったのに」

私《わたし》は首を横にふって、口を開く。

「あの本、表紙に見覚えがあった気がして……それをお兄ちゃんに話したら、『ぼくもちいさいころ読んだことがあるよ。だいすきな作品だ』って言ってたから」

倉木さんは、興味《きょうみ》をひかれたみたいだ。

「櫻井《さくらい》のお兄さんって、どんな人？」

「すっごくかっこいい。なんでも知ってて、だれよりもやさしくて、そして……」

それから私《わたし》は真剣《しんけん》な顔で、こう言った。

「倉木さんに似《に》ている」

とまどっている倉木さんに、私《わたし》は続ける。

「うちのお兄ちゃん、引きこもりなの。私《わたし》が小学校四年生のころから」

ずっと、やさしくてかしこい、自慢《じまん》のお兄ちゃんだった。

でも、いつからか心を閉《と》ざして。だれにも、私《わたし》にも、なにも教えてくれないまま、自分の部屋に閉《と》じこもるようになった。

「だけど、引きこもったお兄ちゃんを見て、だれかに似《に》ているなって、そう思ったの」

「……私《わたし》？」

「そう。あのころの倉木さん」

心に大きな傷《きず》を抱《かか》えて、だれにも気をゆるさず、ぶあつい防壁《ぼうへき》で自分を守っている。

「ずっとずっと、私《わたし》はふたりのことを、心のなかで重ねていた」

だから、うれしかった。

「うれしかったって、なにが？」

「倉木さんが、明來《あくる》ちゃんと友だちになって……こうして、いろいろな子と、関わるようになったことが」

私《わたし》は無理だって思っていた。これは、倉木さんや、お兄ちゃん自身が乗りこえないといけない問題で、ほかの人には、どうしてあげることもできないって。

だけど、それはまちがいだった。明來《あくる》ちゃんは倉木さんの心にふみこんで、思い切り手を伸《の》ばして――倉木さんはその手をつかんだ。

「すごいって思った。明來《あくる》ちゃんのこと。そしてその次に、『だったら』って思った」

だったら、私《わたし》にもできるんじゃないかって。

「そう」

吐息《といき》のような、ささやくような、ちいさな返事。私《わたし》はうなずく。

「だからね、私《わたし》も一歩ふみだそうって、大切な人に手を伸《の》ばそうって、そう思ったの」

じっと倉木さんの顔を見つめて、私《わたし》は言った。

その日の昼休み。私《わたし》は図書室に、倉木さんを呼《よ》びだした。

「教室でわたしてくれてもよかったのに」

すずしい顔で、そんなことを言う。

「ちょっと、はずかしくて」

私《わたし》は肩《かた》をすくめ、トートバッグから、明來《あくる》ちゃんにわたしたのとおなじ包みを取りだす。

「倉木さん、いつもありがとう。ハッピーバレンタイン」

「ありがとう、櫻井《さくらい》。私《わたし》からも、ハッピーバレンタイン」

そう言って、私《わたし》たちは友チョコを交換《こうかん》した。倉木さんのくれた袋《ふくろ》には、チョコレートのほかに髪《かみ》かざりが入っていた。桜《さくら》の花を模《も》したバレッタ。

「これって……」

「明來《あくる》にはヘアビーズをわたしたんだけど、あなたにはこっちのほうがいいと思って。趣《しゅ》味《み》じゃなかったら、捨《す》ててしまっていいから」

そっと目をそらして、早口で言う倉木さん。私《わたし》は首を横にふった。

「ううん……すっごくうれしい。ありがとう」

私《わたし》の声はふるえていて、正直なところ、ちょっぴり泣きそうだった。

すると、倉木さんは照れくさそうにちいさく笑った。

「なかなか、悪くない気分だわ」

その笑顔《えがお》に、私《わたし》の胸《むね》のおくは、やっぱりあたたかくなる。

なんだろう、かわいいなあっていうか……うん、いとおしいなあって、そう思う。

ずっとずっと、倉木さんは孤高《ここう》の存在《そんざい》で、一生、私《わたし》には手がとどかないって、そう思っていたのに。今はこんなふうに、笑いながら話ができる。きっと倉木さんの世界はこれからも広がっていって、私《わたし》の居場所《いばしょ》も、そこにちゃんとある。

こんなに幸せなことって、ちょっとほかには思いつかないや。

「櫻井《さくらい》。これからも読書会を続けましょう。中学になっても、そのあとも。いっしょに本を読んだり、おしゃべりしたり。そうしてくれると、私《わたし》はとてもうれしい」

倉木さんの言葉に、私《わたし》はうなずく。

「あたりまえじゃん。おばあちゃんになるまで、いっしょだよ」

私《わたし》たちは顔を見あわせて笑う。それから、倉木さんはたずねてきた。

「チョコレート、本命もちゃんと用意したんでしょうね？」

その質問《しつもん》に照れくさくなって、私《わたし》はちょっぴりはにかんだ。

「うん……よろこんでくれるかは、わからないけど」

倉木さんは不思議そうな顔をした。

「よろこぶに決まっているでしょう?」

「どうだろうね。そうだとうれしいな」

私《わたし》は肩《かた》をすくめる。しばらく考えて、倉木さんは言った。

「だれかをすきになることを、私《わたし》は長いこと、ばかにしていたの」

なんの話だろう。そう思ったけど、倉木さんの眼差《まなざ》しは真剣《しんけん》だった。

「べつに、私《わたし》はひとりでいいって、自分じゃないだれかのために心を割《さ》くことなんて、ばかばかしいって、そう思ってた。笑っちゃうわよね。ほんとうはひとりでいたことなんて、一度もなかったのに。私《わたし》はいつだって、ほかの人には見えないあの子といっしょだった」

私《わたし》はあの子のことが、世界中のだれよりもすきだった。

倉木さんはちいさく笑って続けた。

「だけど、あのおせっかいな編《あ》みこみビーズに出会って、なんだかんだいっしょに過《す》ごすようになって、気づいたのよ。私《わたし》は、だれかをすきになれるって。自分の内側にいるあの子のことを愛せたように、私《わたし》は人のことを愛せるって、今は、そう思う」

「……明來《あくる》ちゃんのこと？」

私《わたし》はたずねた。倉木さんはうなずいた。

「そう、あいつは私《わたし》の親友。ほんとうに大切な人。ほかにも、優歌《ゆうか》や……まあ、巴《ともえ》もね。それから、もちろん、あなたのことも」

「私《わたし》は、あなたたちのことがだいすき」

櫻井美咲《さくらいみさき》のことも。

倉木さんは言った。その言葉には、わずかのためらいもなかった。

私《わたし》はなにも言わなかった。ただ、胸《むね》のおくにともった熱に、らいさく息をはく。

「そしてね、美咲《みさき》。だれか、すきな人がいることは、ほんとうに幸せなことで、そして、だれか、自分のことをすきだって、大切だってそう思ってくれる人がいることも、おなじくらい、幸せなことなの」

だから——と。

そっと目を細めて、やわらかな表情《ひょうじょう》で、倉木さんは続けた。

「あなたがすきな人は、あなたがいることで、きっとほんとうに幸せなんだと思う」

私《わたし》は笑った。目がうるんでいるのを、ごまかすように。

そして言った。

「ありがと、小夜《さよ》ちゃん」


帰り道。

私《わたし》は鼻歌をうたいながら、横断《おうだん》歩道をわたる。

ほころびはじめた甘縄桜《あまなわざくら》のつぼみ。薄絹《うすぎぬ》みたいな花びらが、すこしだけ顔を出して、風にふるえている。私《わたし》はほほえんで、ふと、歩道橋のほうを見る。

そして、思わず立ちどまった。

「……うそ」

お兄ちゃんだ。

白いシャツに墨色《すみいろ》のデニム。その上にグレーのコートを羽織《はお》って、長い髪《かみ》を風に遊ばせながら、ゆっくりと歩いている。私《わたし》には、気づいていないみたい。そのまま歩道橋の階段《かいだん》をおりて、小学校のほうへ。私《わたし》が今しがた来た道を、お兄ちゃんは歩いていく。

どういうこと？　外に出るなんて――どれくらいぶりだろう。

だいじょうぶなの？　っていうか、なんの用事で、どこに行くの？

遠ざかるお兄ちゃんの背中《せなか》。

私《わたし》はまよったけれど、そのまま、お兄ちゃんのあとをつけることにした。


小学校を通りすぎて、こっちは倉木さんや明來《あくる》ちゃんたちの家の方向。

児童公園の横の道をまっすぐ。そのままコンビニの角を曲がって、坂をのぼっていく。

私《わたし》はこっそりと、うしろからついていく。お兄ちゃんは、マンションの前にある公園へと入っていった。立ちどまって、どこか遠くをながめている。

私《わたし》は物陰《ものかげ》からその様子をうかがった。お兄ちゃんは空を仰《あお》いだ。髪《かみ》の毛《け》がなびき、白い頬《ほお》にかかっている。そのさびしげな横顔を見て、心臓《しんぞう》がどきどきするのを感じた。

私《わたし》はなにか、重大な場面に立ち会おうとしているって、そんな気がした。

「咲人《さきと》」と、だれかがお兄ちゃんの名前を呼《よ》ぶ。

お兄ちゃんの元・親友で——お兄ちゃんに片想《かたおも》いをしていた女の人。

制服姿《せいふくすがた》の皆本翠《みなもとひすい》が、緊張《きんちょう》した面持《おもも》ちで、そこに立っていた。

いっぽうのお兄ちゃんはひょうひょうと言う。

「ひさしぶりだね、翠《ひすい》。来てくれてありがとう。すこし、話せるかい？」

「……うん。だいじょうぶ」

それから、ふたりは公園を出て、歩きはじめる。

私《わたし》は、ちょっとだけ距離《きょり》を置いて、そのあとを追いかけた。

くもりはじめた空の下、やってきたのは、川津池《かわづいけ》だった。
フェンスで囲《かこ》まれた池のまわりに、ソメイヨシノがぐるりと植えられている。隣接《りんせつ》する
ように、そこにも公園があるんだけど、お兄ちゃんたちはそっちには行かなかった。
フェンスにもたれて、池のほうを見ながら、なにかを話している。ソメイヨシノの枝《えだ》が
風にゆれる。私《わたし》はその樹《き》の陰《かげ》から、ふたりの様子をうかがった。
さすがに会話は聞こえない。だけど、これ以上は近づけない。ばれる。
歯がゆかった。なんの話をしているのか、すごく気になる。そのとき、ふと気づいた。
ふたりのうしろに車がとめてある。あそこまで行ければ……。
しばらく考えて、私《わたし》は髪《かみ》ゴムを外した。いつもの編《あ》みこみサイドテールにしている髪《かみ》を
ほどいて、倉木さんのくれたバレッタでハーフアップにまとめる。それから、マフラーで
口元を隠《かく》すように巻《ま》いた。ランドセルはそのへんに置いておく。

そのまま、なんでもないような顔で、ふたりのほうへと歩いていく。

「……じゃあ、どうして？　私《わたし》のせいじゃないなら」

皆本《みなもと》さんの声。

「あのとき話したことを、覚えているかい？」

お兄ちゃんがたずねる。

私《わたし》の心臓《しんぞう》がバクバクと鳴っている。皆本《みなもと》さんのほうは私《わたし》をちらりと見たけれど、そのまま視線《しせん》を外した。お兄ちゃんはこっちを見ようともしない。私《わたし》はふたりのうしろにある家の駐車場《ちゅうしゃじょう》にとめてある車の陰《かげ》に身を隠《かく》した。そっと耳をすます。

「……忘《わす》れるわけ、ない。私《わたし》が告白《こくはく》したら、咲人《さきと》『ごめん』って」

「うん。そのあと」

お兄ちゃんにうながされて、皆本《みなもと》さんはちいさく笑った。

「ああ、うん。覚えてる……私《わたし》、じょうだんだよってごまかして。それから……うん。からかったんだよね、咲人《さきと》のこと。ほら、女子の先輩《せんぱい》たちにさ、きゃあきゃあ言われてたじゃん。あのころ」

なつかしそうに言って、皆本《みなもと》さんは笑った。

「そう、私《わたし》、言ったんだ――『咲人《さきと》、モテモテだもんね。私《わたし》じゃ釣《つ》りあわないよね』って。そんなふうに、茶化したんだ。そしたら、咲人《さきと》……笑って……」

その言葉は、だんだんとしりすぼみになっていった。

沈黙《ちんもく》があった。

「咲人《さきと》……？」

おそるおそる、といった様子で、皆本《みなもと》さんが言う。

ここからでは、お兄ちゃんの表情《ひょうじょう》は見えない。

でも、お兄ちゃんのにぎりしめた手が、ふるえているのは、わかった。

「あの日」

お兄ちゃんは話しだした。なんの色も、温度もない、かわききった声で。

「終業式の日。先生に相談したんだ。いや、ずっと、いろいろな人に相談していた。母さんにも、テニス部の友だちにも……だれも、まじめに聞いちゃくれなかったけど」

「……なんのこと？」

かすれたような皆本《みなもと》さんの声。お兄ちゃんは続けた。

「翠《ひすい》の言ったとおり、ぼくに好意をよせてくる人はたくさんいた。テニス部の練習中、部員でもないのにコートに来て、遠巻《とおま》きにぼくを見つめてくる、知らない人たち……」

その声はしずかだけど、はっきりと嫌悪感《けんおかん》がにじんでいた。

お兄ちゃんは続けた。

「気にしないようにしていた。どうでもいいって、思うようにしていた。でも、まわりはそう思ってくれなかった。男子の友だちは、ぼくをからかった。やっかみもあったのかもしれないね。ぼくは正直、うんざりしていた。ほんとうにいやだったから」

でも、女子たちのふるまいは、だんだんとエスカレートして――。

「ぼくを盗撮《とうさつ》するようになった」

「え……」

皆本《みなもと》さんは、おどろいたように声をもらした。

「ぼくの姿《すがた》を、遠くからスマホで撮《と》るんだ。やめてくれって、何度も言おうとした。でも、近づこうとすると、きゃあきゃあ笑って逃《に》げるんだ」

お兄ちゃんの声は、どこまでも冷たかった。

「ほんとうに、つらかった。でも、だれに話しても、わかってくれなかった。モテモテじゃんとか、愛されていていいねとか。みんな、咲人《さきと》のことがすきなだけだよとか」

吐《は》き気《け》がした。

みんな、ぼくの気持ちはどうでもいいんだ――そうやって、一方的に消費《しょうひ》するだけで。

「一学期の終わり、部活中に、うっかり、ユニフォームで汗《あせ》を拭《ふ》こうとして、おなかが見えたところを写真に撮《と》られちゃって。しまったと思ったら、女子たちがきゃあきゃあはしゃいで、熱っぽい目でこっちを見ていて……もう、耐《た》えられないと思った」

そのまま、先生のところに行って、話した。

こまっているって。いやだって。助けてほしいって。

「だけど、先生は言ったんだ。にやにや笑って」


いいなあ。青春じゃん。

きっと、将来《しょうらい》、すてきな思い出になるよ。


「ぐちゃぐちゃの頭で、吐《は》きそうになりながら、だれかに話したくて、でも、だれにもわかってもらえないこともわかっていて……そのとき、昇降口《しょうこうぐち》のところで翠《ひすい》に出くわした」

一瞬《いっしゅん》、ぼくはほっとしたんだ。翠《ひすい》なら、翠《ひすい》なら、話を聞いてくれるって。

親友の翠《ひすい》なら、ぼくを助けてくれる。

でも——。


「ごめん……」

皆本《みなもと》さんの口から、声がこぼれる。

「ごめん、咲人《さきと》。ごめん……ほんとうに、ほんとうにごめんなさい……」

「べつに、翠《ひすい》が悪いわけじゃない。タイミングが悪かっただけだ。それはわかってる」

だけど、それでも……。

「ぼくは、人に好意を向けられるのが、ほんとうにこわくなった。だれかが『すき』だというだけで、なにもかも手放しで認《みと》められてしまう価値観《かちかん》が、気持ち悪くてならなかった。あの女子たちや、その味方をした先生に感じた嫌悪感《けんおかん》を、あのとき、親友だったきみに対してしても感じてしまったんだ」

そう言って、お兄ちゃんは、皆本《みなもと》さんに頭をさげる。

「もうしわけなかった——ずっと、言えなくて」

「……なんで謝《あやま》るの」

皆本《みなもと》さんは泣いていた。

「咲人《さきと》、なにも悪くないじゃない。私《わたし》が……私《わたし》のせいで………」

言葉は続かない。嗚咽《おえつ》の声にのみこまれてしまって。

「そのあと、あの女子たちがどうしたのかは知らない。きっと、ちいさな子どもが古びたぬいぐるみに飽《あ》きて、それを捨《す》てるみたいに……ぼくのことを消費《しょうひ》して、そして、そのまま忘《わす》れていったんだと思う」

お兄ちゃんは『消費《しょうひ》』という言葉を、ふるえる声で口にした。

「ぼくは、どうすればよかっただろうって、ずっとずっと、考えていた。だまって、受けいれていればよかったのかな。みんなに合わせて笑って。好意を向けられていることを、ありがたいことだって、幸せなことだって、そう思えばよかったのかな」

沈黙《ちんもく》があった。

池で泳いでいるアヒルが、くわくわと鳴いている。

「……ちょっと、歩こうか」

お兄ちゃんがつぶやくように言って、皆本《みなもと》さんはうなずく。

そのまま、ふたりはなにも言わずに、歩きはじめた。

私《わたし》は立ちあがれない。車の陰《かげ》で、しゃがみこんだまま。

自分がおかしたまちがいの、あまりのとりかえしのつかなさに、ふるえていた。

■●♥■

十一月の終わり、お兄ちゃんと話した日。

私《わたし》がずっと倉木さんを気にしていた、ほんとうの理由。

ひとりぼっちで本を読むあの子に、私《わたし》は私《わたし》の大切な人の面影《おもかげ》を重ねていた。

私《わたし》が心から大切だって、世界中のだれよりもすきだって、そう思っている人は――。

「ずっとずっと、悩《なや》んでたんだ。だれにもばれないように隠《かく》して、おしころして、でもその気持ちは、消えてくれなかった。おかしいってわかってる。いけないことだってことも。でも、ほんとうにほんとうに、どうしようもなかった」

うす暗い部屋で、涙《なみだ》をこらえながら、私《わたし》はお兄ちゃんに告白《こくはく》した。

「私《わたし》は、お兄ちゃんのことがだいすき」

お兄ちゃんはなにも言わない。しずかに、おだやかに、私《わたし》のことを見つめている。

私《わたし》は続けた。

「つきあうとかさ、そういうの無理ってわかってる。となりにいるのが、私《わたし》じゃなくてもいい。ただ、幸せでいてほしいの」

お兄ちゃんに幸せでいてほしい――幸せに生きてほしい。

「……話してくれて、ありがとう」

短い沈黙《ちんもく》のあとで、お兄ちゃんはそっとほほえんだ。

「なにがあっても、ぼくは美咲《みさき》のお兄ちゃんだから」

■●♥■

どこをどう歩いたのか、自分でもよくわからなかった。

知らない場所だ。日はしずみ、空は重たい雲に覆《おお》われて暗い。ランドセルを背負《せお》い、ぼさぼさの髪《かみ》をおろしたまま歩く私《わたし》は、補導《ほどう》されてもおかしくないありさまだ。でも、だれも話しかけてこなかったし、正直、そんなことはどうでもよかった。

死んでしまいたい、と思った。

お兄ちゃんの抱《かか》えてきた秘密《ひみつ》を知って。

そして、なにも知らないでいた私《わたし》がしてしまったことを考えて。

死んでしまいたい。どこか遠くに行ってしまいたい。

このまま、夜の闇《やみ》に溶《と》けて、消えてなくなってしまいたい——そう思った。

とぼとぼと歩きながら、涙《なみだ》はとめどもなく流れて。

頬《ほお》をつたって、あごからしたたって、地面をぬらした。

公園があった。ひと気はない。街灯《がいとう》の下のベンチに私《わたし》は腰《こし》かける。

「ごめん……ごめんなさい、お兄ちゃん」

そうつぶやくと、止まらなかった。

ごめんなさい、ごめんなさい、ごめんなさい……。

でも、いくら謝《あやま》ったって、もうどうしようもない。とりかえしはつかない。

「なにがあっても、ぼくは美咲《みさき》のお兄ちゃんだから」

その言葉を、私《わたし》はゆるしのように思っていた。お兄ちゃんのこと、これからもすきでいていいんだって。なにがあっても、だいじょうぶなんだって。

なんてあさはかな、自己《じこ》中心的な考えだったんだろう。

あれは拒絶《きょぜつ》の言葉だったんだ。これ以上近づいてくるなって、線を引くための言葉。

うまくやれてるって、ちょっとずつでも前に進んでるって、そう思いこんでいたことが、はずかしくてならなかった。私《わたし》は、ほんとうになにもわかっていなかったんだ。


そのとき、足元になにか、ふわふわしたものがふれた。

見ると、それはいっぴきのネコだった。夜がそのまま形を成《な》したような黒いネコ。

思わずちいさく笑ってしまった。そう、倉木さんのイマジナリーフレンドのことを思いだしたから。こんなところで出くわすなんて、まるで冗談《じょうだん》みたいな偶然《ぐうぜん》。

黒猫《くろねこ》――明來《あくる》ちゃんと倉木さんの心をつないだ、すべてのはじまり。

足元のネコは、なにかをたずねるように、小首をかしげて私《わたし》を見あげていた。

――家に帰らないのか？

そんなことを言っている気がする。もちろん、私《わたし》の想像《そうぞう》だけど。

私《わたし》はそっと、その背中《せなか》をなでてやった。

「もう、帰りたくない。お兄ちゃんに、どんな顔して会えばいいか、わからないから」

――いろいろなやつが心配してるぞ。

「……どうかな」

――明來《あくる》も小夜子《さよこ》も、ほかの友だちも、親御《おやご》さんも、そしてその、お兄ちゃんとやらも。

「そうだね。みんな心配すると思うよ。心配、してくれるって、思う」

――じゃあ、帰ろうぜ。みんな待ってる。

私《わたし》はつぶやいた。「わからないんだ」

お兄ちゃんに、なんて言えばいいのか。どうしたら私《わたし》はゆるされるのか。なにも知らないくせに、ずかずかとふみいって、「お兄ちゃんのことがだいすき」だなんて。

気持ち悪い。そうに決まってる。

だって、お兄ちゃんは、あんな、あんな目にあって。

だれにも理解《りかい》されないで、それがわかっているからこそ、だれにも相談できないままで。

そうやってお兄ちゃんが、ずっとずっと抱《かか》えてきた痛《いた》みを、私《わたし》はふみにじったんだ。

なにも知らないのに自分の気持ちを押《お》しつけて……そう思うと、さらに涙《なみだ》がこぼれた。

——そうやって、罪悪感《ざいあくかん》にとらわれているのもけっこうだけどさ。

そのネコは言った。

——でも、大切なのはそこじゃないだろ。

「そこじゃないって？」

——大切なのは、お兄ちゃんがすきだっていう、その気持ちなんじゃないのか？

「……どうなんだろうね」

お兄ちゃんがすきだって、この気持ち自体が、お兄ちゃんを傷《きず》つけるなら。

私《わたし》にとってほんとうに大切なものって、いったいなんだろう。

「わかんないよ……そんなの、どうでもいいよ、もう」

そう言って私《わたし》はうつむく。すると、ネコは、ふしゃーってうなった。

——逃《に》げんなよ。

「逃《に》げんなって……」

とまどう私《わたし》に、そのネコは言う。

——あの子たちだったら逃《に》げない。答えを見つけるまで、歩き続けるはずだ。

脳裏《のうり》に浮《う》かぶ、ふたりの大切な友だちの姿《すがた》。

長い三《み》つ編《あ》みのおさげ。編《あ》みこんだ前髪《まえがみ》に、ゆれるヘアビーズ。

エメラルドグリーンに光る瞳《ひとみ》で、黒猫《くろねこ》は私《わたし》をまっすぐに見つめた。


——おまえのいちばんの望みを、思いだせ。


車輪の音。私《わたし》は顔をあげて、まぶしさに目を細める。

ダイナモのライト。急ブレーキ。それから、自転車が倒《たお》れるがしゃんという音。

「美咲《みさき》!」

そう言って、走ってきたのは——。

「お兄ちゃん……」

お兄ちゃんは私《わたし》を抱《だ》きしめて、安心したように、ため息をついた。

「ああ……さがしたんだよ」

私《わたし》はぼんやりしていた。お兄ちゃんが、私《わたし》のことをハグしている。

「こんな時間まで、なにをしてたんだ? いったい、なにがあった?」

「……心配した？　私《わたし》のこと」

「あたりまえだろう！」

お兄ちゃんは、声をあららげる。

「ごめんなさい」

お兄ちゃんはしばらくそうやって、私《わたし》のことを抱《だ》きしめていたけれど、やがて、思いだしたようにスマートフォンを取りだし、どこかに連絡《れんらく》をはじめた。

どうやら、私《わたし》は思っていたより大々的に捜索《そうさく》されていたみたいだった。

「帰ろう」

お兄ちゃんは言った。自転車を起こして、ハンドルをにぎる。

私《わたし》はお兄ちゃんについて歩きはじめた。でも、すぐに立ちどまる。

ふりかえっても、街灯《がいとう》の下のベンチに黒いネコの姿《すがた》はなかった。

「美咲《みさき》？」

お兄ちゃんが呼《よ》ぶ声。

「私《わたし》のいちばんの望みは……」

私《わたし》は、ちいさな声でつぶやいた。

胸《むね》のおくで、なにかがちりちりと燃《も》えている。

そして、それに気づいたとたん、その火種は、ごうと炎《ほのお》をあげた。なにもかも焼きつくすような、感情《かんじょう》の熱が胸《むね》いっぱいに満ちて、私《わたし》は息をはく。


そうだよ、なんで忘《わす》れていたんだろう。


「美咲《みさき》」

お兄ちゃんがもう一度そう言って、私《わたし》の肩《かた》をたたく。私《わたし》はたずねた。

「お正月のとき、言っていたよね。寮《りょう》のある大学に行きたいって」

ひとり暮《ぐ》らしがしたいからって。

お兄ちゃんはとまどったみたいだった。「言ったけど……それが？」

「私《わたし》さ、うれしかったんだ。お兄ちゃんが大学に行きたいって、ひとり暮《ぐ》らしをしてみたいって……そんなふうに、自分のしたかったことを言葉にしてくれたことが」

だけど、わかったの。

「それって、ほんとうは、私《わたし》といっしょに暮《く》らしたくないからなんでしょ？」

お兄ちゃんはだまって、私《わたし》の顔をじっと見た。私《わたし》はお兄ちゃんの瞳《ひとみ》を見つめかえす。

しばらくして、私《わたし》は続けた。

「お兄ちゃんと皆本《みなもと》さんが話しているの、聞いてた」

「……うそだろう？」

かすれた声で言うお兄ちゃん。私《わたし》は首を横にふった。

「川津池《かわづいけ》のところで。学校でなにがあったのかも、ぜんぶ。ぬすみ聞きしてごめんなさい。お兄ちゃんが出かけるところを見て、どうしても気になって、あとをつけたの」

お兄ちゃんは衝撃《しょうげき》を受けているみたいだった。私《わたし》は深々と頭をさげる。

「ほんとうにごめんなさい。すきだなんて言って。なにも知らないまま、気持ちを押《お》しつけて。お兄ちゃんのこと傷《きず》つけたと思う。気持ち悪いって、そう思われてもしかたない」

「そんなこと……」

「そうやって、ごまかさないで」

私《わたし》はきっぱりと言った。

「私《わたし》には、ずっと話す気なかったんでしょ。私《わたし》が告白《こくはく》したときだって、うまいこと受けいれたふりをして、ほんとうのことはぜんぶだまったままで、なにもかも隠《かく》して、上手に遠ざかって……そんなことを考えていたんでしょ？」

お兄ちゃんはなにも言わなかった。私《わたし》はちいさく笑った。

「お兄ちゃん、やさしいから。私《わたし》のこと、傷《きず》つけたくなかったんだよね」

じっと、なにかを推《お》し量《はか》るように、お兄ちゃんは私《わたし》を見つめていた。

その表情《ひょうじょう》は、引きこもっていたときとおなじように、なんの温度も色もない無表情《むひょうじょう》で、私《わたし》はこわかった。だけど、それでも視線《しせん》をそらさずに、私《わたし》は続ける。

お兄ちゃんに言わないといけないことがあった。伝えないといけないことが。

「言ったよね、私《わたし》。お兄ちゃんに、幸せでいてほしいって」

そう、私《わたし》はただ、お兄ちゃんに幸せでいてほしい。

それだけが、それこそが、私《わたし》のいちばんの望み。

「だからさ、お兄ちゃんが私《わたし》のことをどう思っていても、べつにいいの。大切なのは、私《わたし》の気持ちじゃない。お兄ちゃんが幸せなら、元気でそれなりに楽しく生きていてくれれば、私《わたし》はそれでいい。それ以上のことは、望まない」

だけど……だけど、ね？

「もし、わがままをひとつ言っていいなら——もっと話をしてほしいんだ」

もっとお兄ちゃんの話を聞かせてほしい。お兄ちゃんの気持ちを聞かせてほしい。すきなこと、楽しみなこと、うれしかったこと、幸せなこと……それだけじゃなくて、つらかったことも、いやだったことも、かなしかったことも。

「私《わたし》、頼《たよ》りないかもしれない。でも、ちゃんと聞くから。お兄ちゃんの気持ちを、痛《いた》みを、なかったことになんか、ぜったいにしないから。完全に理解《りかい》できなくても、それでも、私《わたし》はお兄ちゃんの味方でいたいの」

私《わたし》の声が、暗闇《くらやみ》をゆらす。

「……ごめんな、美咲《みさき》」

短い沈黙《ちんもく》のあとで、お兄ちゃんは言った。

「きみには話せなかった。どうせ、わからないと思ったから。きみはまだちいさかったから、理解《りかい》してくれないって。だけど、だからこそ――」

そこまできて、お兄ちゃんは大きく息をはいた。

「だから、こそ？」

私《わたし》は、その言葉をくりかえす。その先にある気持ちをたずねる。

「……美咲《みさき》にまで心ないことを言われたら、もうぼくは死ぬしかなかったと思う」

ふるえる声でそう言って、それから、お兄ちゃんは自嘲的《じちょうてき》に笑った。

「ごめんな、カッコ悪いお兄ちゃんで」

私《わたし》は、その言葉に、くちびるをかんだ。

視界《しかい》がにじんで、暗闇《くらやみ》がぼやけて……お兄ちゃんの姿《すがた》が見えない。

「カッコ悪くなんかない……ううん、カッコ悪くて、なにがいけないの？」

私《わたし》はお兄ちゃんに近づいていって、その手をつかんだ。

「お兄ちゃん。お兄ちゃんは傷《きず》ついたんでしょう？　それのなにがいけないの？　あたりまえじゃない。勝手に写真を撮《と》られて……盗撮《とうさつ》はふつうに犯罪《はんざい》だよ。みんなみんなばかばっかり。好意があったら、なにをしてもいいわけじゃない。すきって気持ちを盾《たて》にすれば、人を傷《きず》つけることがゆるされるわけじゃない。そんなのひきょうだし、最低だよ」

「……どうだろうね。だれもが、きみのように思ってくれるわけじゃない」

お兄ちゃんはつぶやくように言った。私《わたし》は首を横にふる。

「じゃあ、お兄ちゃん自身はどうなの？　もし、私《わたし》がお兄ちゃんとおなじ目にあったら、お兄ちゃん、なんて言う？」

その言葉に、お兄ちゃんはショックを受けたようだった。私《わたし》は続けた。

「それが答えでしょ？　お兄ちゃん、おこっていいんだよ。盗撮《とうさつ》してきた女子たちにも。相談したのに相手にしてくれなかったお母さんにも。見当ちがいの嫉妬《しっと》を向けてくる友だちにも……そして、お兄ちゃんの痛《いた》みを無視《むし》して、青春とかばかなこと言った先生にも」

おこっていい。ふざけんなって、そう言っていい。

それは、あたりまえのこと――あたりまえに、感じなきゃいけないこと。

「だって、あんまりじゃない。人のこと、すきだのなんだの言って、なにも見てない。お兄ちゃんの気持ちも心も、ふみにじって、勝手に消費《しょうひ》して、自分たちだけ満たされて！」

私《わたし》は声をあらげた。

「そんな人たちに、だれかをすきになる資格《しかく》なんてない！　お兄ちゃんの人生に、そんな頭の悪い連中は、一秒たりとも関わっていいはずない！　どいつもこいつも！　私《わたし》、ほんとうにゆるせない！　私《わたし》のお兄ちゃんに、そんな気持ち悪いまねしないでよ！」


私《わたし》の大切な人の心を、ないがしろにしないでよ!!

夜の底にひびいた私《わたし》の言葉は、ほとんど悲鳴のようだった。

沈黙《ちんもく》があった。

遠くで車の走る音。電灯《でんとう》の明かりが、じじじ、と音を立ててまたたく。

しばらくして、お兄ちゃんはつぶやいた。

「……美咲《みさき》の言うとおりだ」

そう言って、お兄ちゃんはちいさく笑うと、ぽろぽろと涙《なみだ》をこぼした。

その姿《すがた》は、びっくりするくらい頼《たよ》りなくて、私《わたし》はお兄ちゃんが急に幼《おさな》くなってしまったように思えた。傷《きず》ついて、ふみにじられて、それなのにだれにも理解《りかい》されず、助けの声もあげられないまま、ずっとずっと暗闇《くらやみ》にとじこめられていた、ちいさな子どもみたいに。

お兄ちゃんはしめった声で言った。

「あの日のぼくのとなりに、今日のきみがいてくれたらよかったのにな」

私《わたし》はなにも言えないまま、はなをすすった。お兄ちゃんの涙《なみだ》につられるように、私《わたし》の目からも、ぽろぽろ、しずくがこぼれていた。

お兄ちゃんのことが、気《き》の毒《どく》でならなかった。今日まで、お兄ちゃんはずっと、ひとりぼっちだったんだ。だれも、お兄ちゃんによりそってはこなかった。

だれひとりとして、お兄ちゃんが必要とした言葉をかけようとはしなかった。

きっと、これは私《わたし》の役目じゃなくてもよかったんだ。だれかべつの人がもっとはやく、あなたが悪いんじゃないって、お兄ちゃんに言ってあげなければならなかった。

お兄ちゃんの気持ちを、だれかが認《みと》めてあげなければいけなかった。お兄ちゃんがおこれないでいるのなら、代わりにだれかがおこらなければならなかった。

そうやって、お兄ちゃんにかけられた呪《のろ》いを、だれかが解《と》いてあげるべきだったんだ。

だけど、けっきょく、そうはならなかった。

あの日からずっと、お兄ちゃんのとなりには、だれひとり味方がいなかった。

私《わたし》は、声をしぼりだす。

「……今は、いるよ」

「うん……そうだね」

「お兄ちゃん、ごめんね。つらかったよね」

しゃくりあげそうになるのを必死にこらえながら、私《わたし》は続ける。

「ごめんね……あのころ、もっと、私《わたし》がしっかりしていれば。もっと、なんでも話せるくらい、頼《たよ》りになる妹だったら……お兄ちゃんのこと、助けることができたのに」

私《わたし》はお兄ちゃんの手をにぎりしめる。

「……それはちがう。きみはまだ幼《おさな》かった。きみがそこまで背負《せお》う必要なんてない」

お兄ちゃんは私《わたし》の手をにぎりかえした。あたたかく、力強く。

「それに今、ちゃんと助けてくれたよ。それだけで十分。だから、ありがとう美咲《みさき》」

お兄ちゃんはそう言って、涙《なみだ》でぬれた顔で笑った。


あれから一週間が経《た》つ。

校舎《こうしゃ》から体育館に向かうとちゅう、校庭の甘縄桜《あまなわざくら》が咲《さ》いているのを見た。

この地域《ちいき》にしかない、早咲《はやざ》きの桜《さくら》。薄紅色《うすべにいろ》の花びらいっぱいに日ざしを浴《あ》びて、冷たい空気のなか、そこだけ光っているかのように、あたたかく香っている。

二月も後半になり、卒業式の練習がはじまった。体育館でクラスごとに並《なら》んで、先生たちの考えた、それっぽいけどあまり意味のない文言を、大きな声で言う練習。

私《わたし》のとなりに倉木さん。うしろの席に、明來《あくる》ちゃん。

もう、この学校で、みんなといっしょに過《す》ごせる時間も、あとわずか。

それはやっぱりさびしいことだけど、だいじょうぶ。ここで過《す》ごした日々が、その思い出が、私《わたし》たちのこれからをちゃんと照らしてくれるって、私《わたし》はそう信じている。

だから、なにも心配いらない。

「夜おそくまでさわいでいて、朝起きるのがつらかった——修学旅行《しゅうがく》！」

倉木さんは、つまらなそうな顔でそっぽを向いている。明來《あくる》ちゃんはけっこう楽しんでるっぽいな。みんなで声を合わせたあとで、「あたし、二学期に転校してきたから修学旅《しゅうがく》行、行ってないけどね」なんて言って、まわりの子を笑わせている。

「ねえ、櫻井《さくらい》」

こっそりと、倉木さんが話しかけてきた。

「卒業式、さぼらない？」

「さすがにちょっとそれは……」

私《わたし》は苦笑《くしょう》する。倉木さんは肩《かた》をすくめた。

「そ。あなたといっしょなら、心強かったんだけど、まあいいわ。ひとりでさぼるから」

「あ、坂井先生に言っちゃおう～」

「うらぎり者」

「え、なになに、なんの話？」

うしろから明來《あくる》ちゃんが言う。

「櫻井《さくらい》にふられたの。あーあ、傷《きず》ついた。かなしい」

「ちょっと、倉木さん」

「おいおい、あたしの親友になにをしてくれているのかね、美咲《みさき》ちゃん。ぷーだぜ？」

「……まえから聞きたかったんだけど、ぷーってなに？」

「ぷーはぷーよ。それ以上でも以下でもないぞよ」

そうやってふざけていたら、先生に注意された。

「そこ、うるさいぞ。集中！」

「ほっほほーい」

明來《あくる》ちゃんがへんな返事をする。

私《わたし》はぺろっと舌《した》を出した。倉木さんはうんざりした顔でため息ついてる。

次は、合唱の練習。

ピアノの前奏《ぜんそう》が流れるなか、倉木さんはすねたようにつぶやく。

「けっきょく美咲《みさき》、あの夜にあったことも、なにも教えてくれないし……」

その言葉に、私《わたし》は思いだす。

あのバレンタインデーの夜、お兄ちゃんといっしょに歩いたときのこと。

いつの間にか雪が舞《ま》いはじめた帰り道。自転車を押《お》しながら、お兄ちゃんは口を開いた。

「ひとつだけ、いいかい？」

「なに？」

まっすぐ前を向いたまま、お兄ちゃんは言う。

「美咲《みさき》のこと、気持ち悪いなんて思ってないよ」

「え……」

私《わたし》がとまどっていると、お兄ちゃんはちいさくほほえんで、言葉を続けた。

「美咲《みさき》が、ぼくのことをすきって言ってくれたとき、やっぱりちょっとこわかった。ぼくは、美咲《みさき》のことまできらいになってしまうんじゃないかって。でも、ちがった。そんなことなかった。美咲《みさき》が、ぼくの幸せを願ってくれたことが、すなおにうれしかった」

だから、ぼくは思ったんだ。

「ぼくはまだ、だいじょうぶだって。人の気持ちを受け止めることが――だれかと関わることが、ちゃんとできる。そうやって、また歩きだせる。やりなおすことができるって」

「……そっか」

私《わたし》はそう言った。もう涙《なみだ》は出なかったけれど、鼻のおくがすこしだけ痛《いた》んだ。

「それで、翠《ひすい》にもほんとうのことを話して、謝《あやま》ろうって思ったんだ。今なら、それができるって、そう思えたから。ぜんぶぜんぶ美咲《みさき》のおかげ」

それから、お兄ちゃんは照れくさそうに笑った。

「きみみたいなかしこい妹が、ぼくのことを大切だって思ってくれているのは、ぼくにとってほんとうに幸せなことだよ」

その言葉に、私《わたし》は倉木さんの言っていたことを思いだした。


――あなたがすきな人は、あなたがいることで、きっとほんとうに幸せなんだと思う。

私《わたし》はやっぱり泣きたくなる。それでも、ぎゅっと目をつぶって涙《なみだ》が落ちるのをこらえた。ただ胸《むね》のおく、広がるぬくもりを抱《だ》きしめるように、白い息をはく。

お兄ちゃんは続けた。

「これからもたくさん話をしよう。ぼくの思っていることや考えていることを、きみに聞いてほしい。そして美咲《みさき》がどんなことを考えているのかも、ぼくに教えてほしいんだ」

私《わたし》はそっと笑った。

「じゃあさ、お兄ちゃん。帰ったら紅茶《こうちゃ》をいれてよ」

おいしいチョコレートがあるんだ。

お兄ちゃんといっしょに食べたくて、買っておいたんだよ。

ピアノの音が体育館にひびいている。

私《わたし》は倉木さんのほうを見て、そっとほほえんだ。

「いつかちゃんと話すよ、小夜《さよ》ちゃん。私《わたし》の秘密《ひみつ》のこと」

あの子はちょっとびっくりしたようだったけど、それ以上、なにも言わなかった。くすぐったそうにちいさく笑って、前を向く。長い三《み》つ編《あ》みがそっとゆれる。

だいじょうぶ――私《わたし》は心のなかでつぶやいた。

ふみだすことをおそれずに、手を伸《の》ばすことをあきらめずに。
そうやって大切な人と手をつなぐことができたから、私《わたし》はどこまでも歩いていける。
手のひらのぬくもりが、胸《むね》のおくにともった熱が、ちゃんと私《わたし》を導《みちび》いてくれる。
だから、なにも心配いらない。
私《わたし》たちのゆくえには、きっと光がある。

ピアノの音が大きくなる。みんなが息を吸《す》いこむ音。
それぞれの声が合わさって、旅立ちを告《つ》げる歌がはじまる。

きみがくれた 贈《おく》りもの

くろノラはネコだ。黒い野良《のら》ネコだから、くろノラ。

野良《のら》ネコだけど、おうちがある。とある中学校に、くろノラは住んでいる。

新船《あらふね》中学校。

だから、そこの生徒たちはみんな、くろノラのことをよく知っている。

くろノラも、そこに通う生徒たちのことを、よく知っている。


冬の日だった。

くろノラは、中庭に作られた小屋のなかで目を覚ました。

それはくろノラのために作られたちいさな小屋だった。それでも屋根があるから雨はふせげる。床《ゆか》はすこし高くなっていて、タオルケットが敷《し》いてある。

空が白んできて、くろノラはのびをする。小屋のなかからはいだすと、花壇《かだん》のすみっこで用を足した。それから、校舎《こうしゃ》をぐるりとまわりこんで、裏手《うらて》の駐車場《ちゅうしゃじょう》から、保健室《ほけんしつ》の前を通り、昇降口《しょうこうぐち》のほうへと歩いていく。太陽はまだ見えないが、空は高くすんでいて青い。

空気は冷たくて透明《とうめい》なにおいがする。くろノラはくしゃみをひとつした。

たいていの場合、いちばんはやく学校に来る先生は、教頭先生である。この学校をすみかにして三年目、くろノラはそのことをよく知っている。そのうち、道のむこうから車が走ってくる。そのエンジンの音で、それが教頭先生の車だということが、くろノラにはちゃんとわかる。くろノラは耳がいいし、記憶力《きおくりょく》にもすぐれた野良《のら》ネコである。

裏手《うらて》の駐車場《ちゅうしゃじょう》のほうへ、車は入っていった。くろノラは身を起こすと、てちてちとそちらへ歩いていく。とまった車からおりてきて、教頭先生は白い息をはいた。

くろノラは教頭先生にあいさつする。あおう、あおあん。

「ああ、おはようさん、くろノラ」

教頭先生もあいさつを返す。近くにしゃがみ、くろノラの耳のあたりをかりかりする。

「今日はさ、くろノラ。二月十四日だ。バレンタインデーだぞ」

バレンタインデー。くろノラはそれがなにか、よくわかってない。

だけど、最近、新船《あらふね》中学校の生徒たちは、みんなその話をしている。どうも、チョコレートというものが、関係しているらしい。そして、ここのところ、くろノラに会いに来る生徒たちは、いつもより増《ふ》えているのだが、それもバレンタインデーのせいらしい。

「おまえ、生徒たちの間でさ、縁結《えんむす》びの神さまみたいに言われているらしいぞ。まったく、おもしろいことを考えるもんだなあ、みんな」

教頭先生は笑って、職員玄関《しょくいんげんかん》のほうに行ってしまった。くろノラはなにがおかしいのかよくわからない。そういうのは、あまり愉快《ゆかい》ではない。

ふすんと鼻を鳴らし、そのまま校庭のほうへと向かう。

陸上部の部室を通りすぎ、鉄棒《てつぼう》の裏手《うらて》へ。すみっこの草の生えているところが、くろノラのお気に入りの場所だ。そこでまるくなって、またしばらく、くろノラはまどろむ。鳥の声がする。ぴーちちち、と鳴いている。鳥の名前をくろノラは知らない。

そうしているうちに、太陽はのぼってきて、白い校舎《こうしゃ》をきらきらと照らし、校庭に青い影《かげ》を伸《の》ばした。ほかの先生や気のはやい生徒たちも、学校に集まりはじめたようだ。ボールを追っかけたり、竹の棒《ぼう》をふりまわしたり、はたまた金属《きんぞく》の筒《つつ》を吹《ふ》き鳴《な》らして大きな音を立てたりするのが生きがいみたいに思っている子たちが、新船《あらふね》中学校には存在《そんざい》している。部活動というらしい。そのなかでも、朝はやくから行われるもののことを、朝練と呼《よ》ぶことを、くろノラはちゃんと知っている。

そして、朝練がはじまったということは、すなわち、そろそろ三澄楓《みすみかえで》が登校してくるということでもある。

三澄楓《みすみかえで》はくろノラの恩人《おんじん》である。それも命の恩人《おんじん》である。

あれは梅雨《つゆ》のころだった。生まれてまもない子ネコであったくろノラは、あろうことか親ネコからはぐれてしまった。右も左もわからないまま、さまよっているうちに、新船中《あらふね》学校の校舎裏《こうしゃうら》にたどり着いたのだが、そこでなんと、カラスによる襲撃《しゅうげき》にあった。

黒い羽ばたきと、ぎゃあぎゃあとわめくカラスのおそろしい鳴き声を、くろノラは今でも思いだす。思いだしては毛を逆立《さかだ》てる。

そうやって、あやうくカラスたちのおやつになりそうなところを、助けてくれたのが、ほかならぬ三澄楓《みすみかえで》である。彼女は腰《こし》まである淡《あわ》い色の髪《かみ》を三《み》つ編《あ》みのおさげにまとめた、色の白い中学一年生の女子だった。持っていたビニール傘《がさ》をぶんぶんふって、カラスの群れを追《お》いはらい、くろノラの命を救《すく》った。まじ女神《めがみ》、とくろノラは思ったものだ。

それからも、三澄楓《みすみかえで》はくろノラに会いに来た。なんだかんだごはんをくれたり、休み時間背中《せなか》をなでてくれたりした。

先生たちのなかには、くろノラの存在をよく思わない者も、多数いた。正確《せいかく》に言えば、生徒が学校に住みついた野良《のら》ネコにエサをやることをよく思わない者、と言うべきか。そういう者たちは、三澄楓《みすみかえで》に圧力《あつりょく》をかけた。

やめなさいよ、と、やさしくきびしくその他いろいろな言い方で彼女《かのじょ》に伝えた。

しかし、三澄楓《みすみかえで》は負けなかった。頑《がん》として、先生方の忠告《ちゅうこく》を無視《むし》した。

それまで、三澄楓《みすみかえで》は目立たない生徒だったらしい。成績《せいせき》こそ悪くないが、友だちもおらず、クラスのすみっこでいつも本を読んでおり、先生ともほとんどしゃべらない。そんな彼女《かのじょ》が、明確《めいかく》に反抗《はんこう》し続《つづ》けたことは、教職員《きょうしょくいん》の間にそれなりのショックを与《あた》えたという。

そのいっぴきの野良《のら》ネコのために。くろノラのために。

そうそう、「くろノラ」という名前も、三澄楓《みすみかえで》がつけてくれたものだ。

くろノラさん――当時は「さん」をつけて、三澄楓《みすみかえで》はくろノラのことを呼《よ》んだ。

一か月もすると、三澄楓《みすみかえで》とくろノラのことは、学校中に知られるようになり、そして、彼女《かのじょ》に続く者たちも現《あらわ》れた。三澄楓《みすみかえで》のいた一年二組の生徒たちが中心となって教頭先生を説得《せっとく》し、「くろノラの会」なる組織《そしき》が結成された。

そうして、くろノラは正式に、新船《あらふね》中学校のネコとしてその保護下《ほごか》に置かれた。


「おはようございます。くろノラ」

草むらでうとうとしていたくろノラは、背中《せなか》をなでる手のひらの感触《かんしょく》に、うす目を開けた。見れば、淡《あわ》い色の髪《かみ》を三《み》つ編《あ》みにした女の子が、口元にちいさなほほえみを浮《う》かべて、くろノラの毛並《けな》みをととのえていた。くろノラは、にゃあとあいさつを返す。

おはようと言いたかったのだが、くろノラは日本語が不得意《ふとくい》だった。それでも、気持ちは伝わるはずだ。しっぽをぱたんぱたんとふる。のどがまた、ごろごろと鳴る。

三澄楓《みすみかえで》はうれしそうに目を細めた。

「朝ごはんですよ。ほら、中庭のほうに行きましょう」

そう言って歩きだす。くろノラは大きくのびをして、そのあとに続いた。

彼女《かのじょ》も、もう三年生らしい。なんでも、もうすこしすると、この学校からいなくなってしまうらしい。高校というところに行ってしまうらしい。考えただけで、それはひどくさびしいことだった。自分もなんとかインチキして、高校とやらに行けないかと考える。考えるものの、なにをどうインチキすればいいのか、くろノラにはてんでわからない。

中庭に来ると、三澄楓《みすみかえで》はくろノラの小屋にある器《うつわ》をふたつ持って、水道のほうへと向かった。蛇口《じゃぐち》をひねり、水で器《うつわ》をきれいにあらう。そして清潔《せいけつ》な布《ぬの》で水気をぬぐうと、片《かた》方《ほう》には飲み水を入れ、もう片方《かたほう》にはドライフードを入れて、くろノラの日の前に置いた。

「めしあがれ」

くろノラはカリカリとドライフードを食べはじめる。

その間、三澄楓《みすみかえで》はくろノラの背中《せなか》をなでてくれていた。くろノラはとてもごきげんである。しっぽをぴんと立てて、ごろごろ言いながら、ドライフードに舌《した》つづみを打った。

朝ごはんを食べ終えると、三澄楓《みすみかえで》はもう一度器《うつわ》をあらってくれた。くろノラはベンチの上にすわって毛づくろいをしていた。ドライフードの香《こう》ばしいにおいを、まんべんなく毛《け》並《な》みにまとわせておく必要がある。これはネコにとって、大切な身だしなみの作法である。

背中《せなか》とおなかをなめて、後ろ足をがじがじとかみ、耳のうしろや顔を前足できれいになでつける。それから、口のまわりをもう一度ぺろぺろやる。

「今日はバレンタインデーですよ、くろノラ」

いつの間にか、となりには三澄楓《みすみかえで》がすわっていた。くろノラは香箱《こうばこ》すわりの体勢《たいせい》になって、しずかに目を細める。ぴぴぴっと、とがった耳の先をふるわせる。

「このまえ、気になって調べたんです。バレンタインデーについて。三世紀《さんせいき》ごろ、ローマの皇帝《こうてい》クラウディウス二世が兵士《へいし》の結婚《けっこん》を禁《きん》じたのに反抗《はんこう》して処刑《しょけい》された、聖人《せいじん》ウァレンティヌスを祭る日が、バレンタインデーのそもそもの由来だそうです」

三澄楓《みすみかえで》は、こうしていろいろな話をしてくれる。

内容《ないよう》を理解《りかい》できているかはともかく、くろノラは彼女《かのじょ》の声を聞くのがすきだ。安心する。

三澄楓《みすみかえで》の近くは、くろノラにとっての安心であふれている。

「でも、バレンタインデーが今のように、恋人同士《こいびとどうし》が贈《おく》りものをするイベントになったのは、十四世紀以降《せいきいこう》だと言われています。もともと、二月十四日はローマ帝国《ていこく》の時代から、家族と結婚《けっこん》の女神《めがみ》である『ユーノー』の祝日とされていて……」

そのあたりで、くろノラはうとうとしてくる。となりで三澄楓《みすみかえで》が話している言葉がぼやけ、輪郭《りんかく》をなくし、心地《ここち》よい音楽のようなものとなって、くろノラの耳をなでる。くろノラはごろごろとのどを鳴らす。そっと目を細める。この表情《ひょうじょう》は人間のほほえみに該当《がいとう》する。

こうして、三澄楓《みすみかえで》のとなりで、夢《ゆめ》うつつになっているとき、くろノラは幸せを感じる。

そのまますこしばかりうとうとしていたが、自分がしたくしゃみの音に目を覚ました。

三澄楓《みすみかえで》は話を続けている。

「……だから、けっきょくのところ、チョコレートは本来、関係ないんですよ」

とちゅうを聞《き》き逃《のが》してしまったが、チョコレートは関係ないらしい。なるほどう、とくろノラは思う。なるほどう、と言うのはあいづちのようなものだ。三澄楓《みすみかえで》が、ほかの子と話しているときに、ときどき使っているので、くろノラは覚えた。なるほどう。

「女性《じょせい》から男性《だんせい》にチョコレートを贈《おく》る、という風習は日本独自《どくじ》のものです。それも、それが確立《かくりつ》したのは、昭和三十年代の後半に入ってからのことらしいです。諸説《しょせつ》あるのですが、チョコレート会社が『バレンタインデーにチョコレートを贈《おく》りましょう』と、広告《こうこく》を掲載《けいさい》したのがはじまりだとか……」

くろノラはチョコレートを食べたことはない。なんでも、ネコはチョコレートを食べると具合が悪くなるらしい。これも、まえに三澄楓《みすみかえで》から教わったことだ。

三澄楓《みすみかえで》は、くろノラの耳のところをかりかりした。

「なぜでしょうね。みんなみんな、二月十四日になると色めき立って、ふわふわと落ちつかない雰囲気《ふんいき》になります。お菓子《かし》業界の戦略《せんりゃく》に乗せられているだけだって、知っている人もいるはずなのに。だれもが、意中の人にチョコレートをわたすという宗教《しゅうきょう》のような行事にとりつかれている。それもひどく楽しそうに」

私《わたし》にはよくわかりません。

三澄楓《みすみかえで》はそう言って、肩《かた》をすくめた。くろノラにもよくわかりません。そういう気持ちをこめて、くろノラはしっぽをぱたんとふった。

「こんなことを考えてしまう私《わたし》は、ひねくれているのでしょうか」

ひねくれている、ということがどういう状態《じょうたい》をあらわすのか、くろノラはよくわからない。だが、もしも三澄楓《みすみかえで》がひねくれた人間なのだとしたら、ひねくれているということはきっと、すばらしいことなんだろうと、くろノラは思った。

朝のチャイムが鳴るまえに、三澄楓《みすみかえで》は教室へと行ってしまった。

「昼休みにまた来ますね。寒いから、なるべくあたたかいところにいるんですよ」

そんなふうに、三澄楓《みすみかえで》は言った。くろノラは心得《こころえ》ている。あたたかいところ、ぬくぬくしたところ、居心地《いごこち》のいいところ。くろノラはそういう場所をいくつも知っている。

一時間目のはじまるまえ。

「あ、いたいた！」

中庭の日だまりでごろごろしていたくろノラをたずねてきたのは、一年生の女の子たちだった。教科書や筆記用具のほかに、絵の具セットと呼《よ》ばれる物体を持っているあたり、一階の美術室《びじゅつしつ》に向かうとちゅうなのだろう。くろノラはあくびをする。

「くろノラさま」「くろノラさまさま」

そう言って、女子たちはくろノラを拝《おが》んだ。

最近、よくあることだった。ふだんはあまり会いに来ないような、顔の知らない子たちがやってきては、こんなふうに拝《おが》んでいく。なにをしているのか、くろノラにはわからない。教頭先生が言っていたことを、ぼんやり思いだす。「おまえ、生徒たちの間でさ、縁《えん》結《むす》びの神さまみたいに言われているらしいぞ」。そんなことを言っていたはずだ。

縁結《えんむす》びの神さま。まず、「縁結《えんむす》び」というのが具体的になにをあらわした言葉なのか、くろノラにはわからない。「縁《えん》」がわからない。そして、くろノラの前足は人間とちがって器用ではないので、なにかを結ぶことは不得意《ふとくい》である。なので、おそらくだが、自分は縁結《えんむす》びの神さまではない。くろノラはそう結論《けつろん》づけるものである。

しかし、それはそれとして、神さまと呼《よ》ばれるのはまんざらでもなかった。

くろノラは寝《ね》ころんだまま、大きくのびをした。前足の先から後ろ足の先まで、うにょーんと伸《の》ばす。苦しゅうない。ぞんぶんに拝《おが》み続《つづ》けよ。そんな気持ちをこめて、しっぽをぱたんとふった。女子たちは色めきだった。

「おおお……」

「くろノラさま、ごきげんみたいじゃん」

「ご利益《りやく》、ありそうだね。里佳子《りかこ》、ぜったいうまくいくって。悟《さとる》くんのこと」

「え、里佳子《りかこ》のすきな相手って悟《さとる》くんなの？」

「ちょ、名前言うなし！」

ありがとう、くろノラさま！

そう言って、きゃあきゃあとはしゃぎながら、女子たちは中庭を去っていく。にぎやかだ。くろノラはあくびをして、それから立ちあがると、校庭のほうへと歩きだした。


くろノラには、毎日たくさんやることがある。ごはんを食べたり、日だまりや居心地《いごこち》のいい場所でごろごろしたり、それだけではない。実際《じっさい》に校内を歩きまわって、なにか異変《いへん》がないか点検《てんけん》したり、異変《いへん》があった場合、それに対処《たいしょ》したりするのも、くろノラの大事な仕事である。いわゆるパトロールというやつである。

校庭では二年生が体育の授業《じゅぎょう》をしていた。長距離走《ちょうきょりそう》というやつだろうか。トラックをぐるぐるとかけまわっている。何人かの子たちが、くろノラに気づいたようだ。手をふったり、名前を呼《よ》んだりしてきた。くろノラは返事をしない。ちゃんと、彼《かれ》らの声は聞こえている。声をかけてくる子どもたちが、くろノラに好意を持っていることも、ちゃんと理解《りかい》している。それはそれとして、くろノラは知らん顔をしておく。

そのまま、くろノラは、校庭のすみっこを歩いて、草むらのにおいをふんふんかぎ、ぐるりとまわりこむように体育倉庫の裏《うら》を抜《ぬ》け、藤棚《ふじだな》の下のベンチへと歩いていく。そこにはひとりの女子生徒がいた。顔色が悪い。体操服《たいそうふく》ではなく、制服《せいふく》のままだ。見学というやつだろうか。くろノラはその子に声をかけた。

うにゃあん？　にゃあん？

その子はくろノラをちらりと見て、でもすぐに校庭のほうへと目をもどした。

なんと！　くろノラがこんなにもかわいらしい声で鳴いているのに！

くろノラはその子に近よると、くつに体をすりつけた。女の子はぎょっとしたようだった。こまったような顔で、くろノラの体を抱《だ》きあげ、ちょっと離《はな》れたところに置いた。明《めい》確《かく》に、拒絶《きょぜつ》をあらわす動作だ。くろノラはそれを理解《りかい》したうえで、もう一度歩いていって、ふたたびその身をすりよせた。その女の子はため息をついた。そして、ちょっと乱暴《らんぼう》な手つきで、頭をなでてきた。そうしながら、やっぱりその子は校庭のほうを見ている。

くろノラはその子の顔を見あげ、それから視線《しせん》をたどった。どうも彼女《かのじょ》は、校庭を漫然《まんぜん》とながめているわけじゃないらしい。明確《めいかく》な意思を持って、ひとりの男子を目で追いかけている。くろノラはピンときた。三澄楓《みすみかえで》の言葉を借りるなら、「意中の人」というやつだ。

「……私《わたし》、信じてないからね」

ぽつりと、女の子が言った。くろノラはなんのことだろうと思った。

「くろノラさまとか。縁結《えんむす》びの神さまとか……ばかみたい、みんな」

ばか、と言うのが罵倒《ばとう》をあらわす言葉だと、くろノラは知っていた。なにか、頭にきているのだろうか。だけど、そうは思えなかった。くろノラが感じとったのは、かなしみとか、さびしさとか、そういった類いの感情《かんじょう》だった。どうも、人間はすなおじゃない生きものだ。くろノラはそう考えるものである。

けっきょく、授業《じゅぎょう》が終わるまで、くろノラはその女の子の近くにいた。チャイムが鳴って、体操着《たいそうぎ》の子たちはぞろぞろと昇降口《しょうこうぐち》に向かう。藤棚《ふじだな》の下、ベンチにすわっていた女の子も、ふきげんそうな顔で歩きだす。くろノラはあくびをした。立ちあがって、女の子のあとをついていく。すぐに気づかれた。しっしっと、追《お》いはらうような動作をしてきた。

くろノラは、むっとした。むっとしたので大声を出した。

あおおおう！　おああああん！

もどろうとしていた子たちの一部が、こちらに気づいたようだった。そして、そのなかのひとりがこっちにかけよってきた。

「どうした、くろノラ。槙《まき》さん、なんかしたの?」

その男子の名前が風間史彦《かざまふみひこ》であることを、くろノラは知っている。三澄楓《みすみかえで》とおなじく、「くろノラの会」のメンバーだ。一度ごはんをくれた人間のことを、くろノラは忘《わす》れない。

「し、してないよ、なにも」

槙《まき》さんと呼《よ》ばれた女子は、うろたえたようだった。そりゃそうだろう。さっきからずっと見つめていた男子に、こうして話しかけられているわけだから。つまり、この風間史彦《ふみひこ》こそ、藤棚《ふじだな》の下のベンチで見学していた女子、槙《まき》さんとやらの意中の人である。

「なんか、見学しているときからずっと、そばにいたんだ。もどろうとしたら、そのままついてきて。私《わたし》、ネコ苦手だから、あっちに行ってって、そう言ったんだけど……」

弁解《べんかい》するように、槙《まき》さんは言う。風間史彦《ふみひこ》は笑った。

「そっかそっか。ほらほら、くろノラ。槙《まき》さん、いやがってるじゃないか」

そう言って、くろノラのことを抱《だ》きあげる。くろノラはにゃあにゃあ鳴いた。

風間史彦《ふみひこ》。きみは、その槙《まき》さんとかいう子の意中の人なのである。

そう言ったつもりだったが、くろノラは日本語が得意《とくい》ではない。だけど、気持ちは伝わるはずだ。コミュニケーションに必要なのは情熱《じょうねつ》である。言語や種族がちがっても、伝えたいという強い気持ちが大切だと、くろノラはかたく信じている。

「どうしたよ、くろノラ。おまえ、もしかして槙《まき》さんが気に入ったのか？」

なにも伝わっていなかった。風間史彦《ふみひこ》、きみはわかんないやつである。くろノラは身をよじって彼の手から逃《のが》れ、地面に飛びおりた。ふたりの間に着地する。

おい、槙《まき》さんとやら。風間史彦《ふみひこ》はにぶいのである。

くろノラはそう言ったが、これもやっぱり伝わらなかった。

もしかすると、情熱《じょうねつ》が足りないのかもしれない。たしかに、くろノラもそこまで、このふたりのおせっかいを焼く必要性《ひつようせい》があるかといえば、ない。

そうだ。そんなことをしてやる筋合《すじあ》いはない。くろノラはそれに気づいて、急に冷めた。

そうしたら、なんだかはずかしくなってしまった。くろノラはいったいなにをしてるんだろう。意味もなく背中《せなか》をなめる。ネコがはずかしさをごまかすときのしぐさである。

「なんだこいつ」

風間史彦《ふみひこ》はあきれたように言った。うっさいとくろノラは思った。

「でも、よかったじゃん、槙《まき》さん」

パッと笑顔《えがお》になって、風間史彦《ふみひこ》は言った。

「ほら、こいつ、最近『縁結《えんむす》びの神さま』って呼《よ》ばれてるらしいから。なにかご利益《りやく》があるんじゃない？　きっと、いいことがあるよ」

へらへら笑って、そんなことを言っている。

「……そう、だよね」

槙《まき》さんはそう言った。思わず、くろノラはその子のほうを見た。さっきと言っていることが矛盾《むじゅん》しているではないかと、くろノラは考えた。槙《まき》さんは顔を赤らめている。照れくさそうに、はずかしそうに。だけど、彼女《かのじょ》が幸せを感じていることが、くろノラにはちゃんとわかった。ばかみたいとか言ってたくせに、ふざけんなよとくろノラは思った。

くろノラはもうつきあっていられないものだと判断《はんだん》した。しっぽをぶんぶんふりながら、昇降口《しょうこうぐち》のほうへと歩きだす。まったくもって理解《りかい》しかねる。こいつらはへんな生き物である。そんなことを考えるくろノラのうしろから、ふたりの会話が聞こえてくる。

「風間くん、あの……放課後なんだけど、時間あるかな……？」

「え……？」

風間史彦《ふみひこ》の声には期待の色がにじんでいて、それがまた腹立《はらだ》たしい。

まったくもう、ほんとうに調子のいいやつらである。

いらいらとふきげんなくろノラは、そのまま昇降口《しょうこうぐち》から校舎《こうしゃ》のなかに入っていった。げた箱を通りすぎ、ろうかを歩く。通りすぎる生徒たちが声をかけてくる。くろノラは無視《むし》した。ふーんと鼻息をはいた。これはネコなりのため息のようなものだ。

「きげん悪いね」「どうしたんだろう」

生徒たちは顔を見あわせた。ほっとけとくろノラは思った。そのままろうかを曲がり、階段《かいだん》の前を通過《つうか》、保健室《ほけんしつ》のほうへと歩いていく。とびらはしまっていたが、カリカリとひっかいてやると、すぐに開いた。保健室《ほけんしつ》の先生が開けてくれたのだ。

「あらあら、どしたのくろノラ。遊びに来たの」

保健室《ほけんしつ》の高田養護教諭《たかだようごきょうゆ》は、あかんぼうでもあやすような声で言った。

くろノラはしっぽをぱたんとふって、部屋へと入っていった。

「あ、くろノラじゃん」

そこにいたのは三年生の女子だった。頭の毛を横のあたりで結《ゆ》わえている。サイドテールというらしい。制服《せいふく》のブレザーの下に、カーディガンと呼《よ》ばれる薄茶色《うすちゃいろ》の服を着ている。この女子の名前は菊川舞《きくかわまい》。彼女《かのじょ》も「くろノラの会」のメンバーだ。

しかし、くろノラは、菊川舞《きくかわまい》のことが苦手だった。うっとうしいからだ。

「ちょうどよかった。ちょっとこっちおいでくろノラ。私《わたし》、おなか痛《いた》いの」

菊川舞《きくかわまい》はくろノラを強引《ごういん》に抱《だ》きあげて、そのひざにすわらせた。くろノラは抵抗《ていこう》した。

「こらこら、じっとしなさい」

そう言って、くろノラの体をあおむけにすると、両手で口のまわりをもんできた。それから、鼻をくっつけてくる。まじでうっとうしかった。くろノラは、ふーんと鼻息をはいた。ため息だ。なにが楽しいのか、ひひひと笑って菊川舞《きくかわまい》は言った。

「ねえ、聞いてよ、くろノラ。私《わたし》、次の授業《じゅぎょう》行きたくないの。おなか痛《いた》いし、小テストもあるしさ。でも高田先生は行けって言うわけ。ひどくない？」

「いいからはやく行っといで。そろそろチャイム鳴るよ？」

高田先生の言葉に、くろノラは同意する。

「やだー、行かないー」

菊川舞《きくかわまい》は舌《した》を出した。それから、くろノラの鼻の頭をつんつんし、鼻のあなを指先でふさいできた。くろノラはいらっとした。やめろよと思った。ちょっとだけ爪《つめ》を立ててやる。

菊川舞《きくかわまい》は笑って、ぐりぐりと頭をなでてきた。

「おこったの？　ごめんごめん」

「ほらほら、くろノラをいじめてないで、教室もどりな。先生も、ちょっと職員室行かないといけないから」

「休んでる」

「ああ、もう。菊川《きくかわ》さん、いいかげんにしなさいって」

「だって、おなか痛《いた》いし……」

ぶうぶうともんくをたれる菊川舞《きくかわまい》の顔を、高田先生とくろノラはじっとりと見つめた。

チャイムが鳴る。高田先生はため息をついた。

「ああ、もう。じゃあこの時間だけよ？　三時間目からはちゃんと授業《じゅぎょう》出なさいね。英語の赤沢《あかざわ》先生には伝えとくから」

「やったあ」

「やったあ、じゃないの」

そう言って、高田先生は保健室《ほけんしつ》を出ていった。ぱたんととびらがしまる。

そのとたん、菊川舞《きくかわまい》の顔から笑《え》みが消え、ひどくゆううつそうな表情《ひょうじょう》になった。ゆううつそうな無表情《むひょうじょう》と言ってもいい。しかし、くろノラはとくにおどろかなかった。

さっきの笑顔《えがお》やふるまいは作ったものだと、くろノラはちゃんと見抜《みぬ》いていた。

どうした菊川舞《きくかわまい》。元気を出せ菊川舞《きくかわまい》。

そんな気持ちをこめて、くろノラは菊川舞《きくかわまい》の指先をざりざりなめた。

「……聞いてよくろノラ。楓《かえで》ちゃん、東京にある寮《りょう》つきの高校に行っちゃうんだってさ」

ため息をつく菊川舞《きくかわまい》。くろノラはその意味をはかりかねた。

高校、と呼《よ》ばれているどこかに、三澄楓《みすみかえで》ふくめ三年生たちが行ってしまうことについては、くろノラも憂慮《ゆうりょ》していた。でも、東京とか寮《りょう》つきとか言われても、よくわからない。

毎年、この時期になると、三年生たちは新船《あらふね》中学校を「卒業」して、高校とやらに行ってしまう。そして、また新しい一年生が入ってくる。くろノラはいやだった。ほかの子ならまだしも、三澄楓《みすみかえで》がいなくなってしまうことは、なんとしても避《さ》けたかった。そして、その気持ちはどうやら、菊川舞《きくかわまい》もおなじらしかった。

「きっと楓《かえで》ちゃんは、私《わたし》のことなんか、すぐ忘《わす》れちゃうって思う」

おなじく高校に行くはずの菊川舞《きくかわまい》はそんなことを言った。おかしな話だ。いっしょに高校に行けるんじゃないのか。くろノラは高校に行けない。ずるい。

「べつべつの高校に行ってさ、寮《りょう》つきだって言うから、地元にもいなくなって。もう、なかなか会えなくなる。なかなかかっていうか、ふつうに会えなくなる。今だって、楓《かえで》ちゃん、私《わたし》のことなんとも思ってないもん、きっと」

べつべつの高校——その言葉に、くろノラの頭のなかで、ぱちんと火花が散る。

そうか、高校は複数存在《ふくすうそんざい》するのか！

どうやら、菊川舞《きくかわまい》と三澄楓《みすみかえで》は、それぞれちがう高校に行く予定らしい。そして、三澄楓《みすみかえで》は、地元からもいなくなって、どこか遠くに行ってしまうらしい。その、「どこか遠く」とやらにその高校はあるのだ。くろノラは、いやな予感にかられた。もしや、三澄楓《みすみかえで》とはもう会えないいんだろうか。三澄楓《みすみかえで》はくろノラに会いに来てくれないんだろうか。

去年やおととしいなくなった子たちは、卒業して高校に行ってしまった子たちは、それでもときどき、くろノラに会いに来てくれる。だから、なんだかんだ、三澄楓《みすみかえ》もときどきは新船《あらふね》中学校をたずねてきて、顔を見せてくれるものだと、くろノラは思いこんでいた。

それもなしか。それはまずい。非常《ひじょう》にまずい。そんなのはいやである。

「知ってる？　くろノラ……うぅん、くろノラは知ってるかもね。楓《かえで》ちゃん、いっつもあんたと話をしてるし、聞いてるかも。でも、私《わたし》はさ、このまえはじめて知ったんだ。楓《かえで》ちゃん、親と仲が悪いんだって」

親と言うのは親ネコのことか？　くろノラは思いだす。母ネコならくろノラにもいた。お乳《ちち》をくれて、用の足し方を教えてくれて、うまくできるまでおしりをなめて世話してくれた。今どこでどうしているかはわからない。父ネコにはそもそも会ったことがない。

「ううん、仲が悪いっていうか……楓《かえで》ちゃん、言ってた。自分は愛されていないって。お父さんもお母さんも、自分のことほんとうにどうでもいいって、そう思ってるんだって。中学生になってからは、ごはんも自分で作ってるって言ってた」

菊川舞《きくかわまい》はくすんと笑った。楽しくて笑ったわけではないって、くろノラにはちゃんとわかった。菊川舞《きくかわまい》の目はうるんでいて、その声は今にも泣きだしそうだった。

「なにも知らなかったんだ、私《わたし》さ。なんだかんだいっしょに過《す》ごしてきたのに。そりゃあ、家から出たくなるよ。遠くの学校に行きたくもなるよ。あたりまえじゃん、そんなの」

三澄楓《みすみかえで》は、くろノラの前で、そんな話は一切しなかった。三澄楓《みすみかえで》に親がいるということも、今はじめて聞かされた。それまで、そんなこと考えたこともなかった。なぜだろうと、くろノラは自問する。それこそ「あたりまえじゃん」である。どんな子ネコにも親ネコはいる。そしてどんな子ネコも、ちいさいうちは、親ネコなしでは生きていけない。人間もそのはずだ。くろノラもそう。母ネコからはぐれ、カラスにおそわれて死ぬところだった。

だけど三澄楓《みすみかえで》に救《すく》われた。カラスを追《お》いはらってくれて、寝床《ねどこ》を用意してくれて、毎日ごはんを持ってきてくれて……そこまで考えて、くろノラは気づいた。

そうだ。三澄楓《みすみかえで》は、ほとんど自分の親ネコだった。だから、彼女《かのじょ》のいるこの新船《あらふね》中学校こそ、くろノラの家だったのだ。ホームだったのだ。

三澄楓《みすみかえで》は、家を出るらしい。自分の世話をしてくれない親をおいて、遠いところにある高校に行ってしまうらしい。そして帰ってこないつもりらしい。旅立ちのときらしい。巣《す》立《だ》ちのときらしい。でも、くろノラはいやだ。いやである。そんなのは断固拒否《だんこきょひ》する。くろノラは三澄楓《みすみかえで》といっしょにいたかった。ずっといっしょにいたい。

くろノラは身をよじって、菊川舞《きくかわまい》の手を逃《のが》れた。ひざの上から床《ゆか》へとおりる。自分のおなかと、それからわきの下とをぺろぺろなめて、こまったことになった、どうしたらいいのかと考えた。はやいところ、インチキする方法を考えねばならない。

「いいなあ、くろノラは」

菊川舞《きくかわまい》はそう言った。なにもいいことなんかないとくろノラは思った。

「楓《かえで》ちゃんはさ、どんなに遠くに行っても、くろノラのことだけはぜったい忘《わす》れないよ」

忘《わす》れないとかじゃなくて、遠くに行ってほしくないのだ、そもそも。

くろノラは保健室《ほけんしつ》をうろうろした。それから、校舎裏《こうしゃうら》に出るガラス戸をカリカリとひっかいた。菊川舞《きくかわまい》はため息をついた。

「はいはい、もう行っちゃうのね。またね」

そう言って、菊川舞《きくかわまい》はガラス戸を開けてくれた。

くろノラは外に出て、駐車場《ちゅうしゃじょう》をまわりこみ、中庭のほうへと向かった。そのまま自分の寝床《ねどこ》の小屋に入って、まるくなった。ふて寝《ね》である。くろノラは目をつぶって、大きく息をした。三澄楓《みすみかえで》が持ってきてくれたタオルケットのにおいがする。胸《むね》がいっぱいになる。

この感覚は「かなしい」というやつだ。かなしいはよくないと、くろノラは思う。

へんな夢《ゆめ》をたくさん見た。頭を抱《かか》えて眠《ねむ》るくろノラは、ひどくうなされた。


「いるじゃん！　小屋にいるじゃん！」

黄色い声に、くろノラは目を覚ます。くろノラの意識《いしき》は現実《げんじつ》にもどってくる。くろノラの体は新船《あらふね》中学校の中庭にある小屋のなかにいて、それをのぞきこんだ三年生の子が、なにやらきゃあきゃあとはしゃいでいる。

「くろノラさま！　チュールを持ってきました！」

「家でネコを飼《か》ってるマナっちが、おうちから持ってきてくれました！」

「どうかこれで、よしなに願います！」

知らない子たちだ。くろノラの会のメンバーではない。正直、くろノラはひとりにしてほしかった。あっち行っててほしかった。だけど女子たちは、あっち行ってくれなかった。

「ほら、チュール！」「チュールチュール……♪」「うたうなって」

小屋のなかにチュールが差しこまれる。いいにおいだ。くろノラは、ふーんと息をついた。それから、ぺちゃぺちゃとチュールを食べた。

そういえば「おやつを食べるといつものごはんが食べられなくなるので、ほかの子たちがなにかくれると言っても食べてはいけません」と、三澄楓《みすみかえで》は言っていた。「みんなにも、くろノラにおやつをあげないよう、きつく言っておきます」とも。だけど、くろノラはチュールを食べる。おやつはよくないが、チュールはあらがいがたいおいしさである。

ぺちゃぺちゃとやっていると、小屋の外から声がした。

「やめろよ。三澄《みすみ》さんにおこられるぞ」

男子の声だ。あれはきっと、斎藤晴樹《さいとうはるき》である。くろノラの会の三年生。頭の毛をじょりじょりに短くした男子。ボールを棒《ぼう》でたたいて遠くに飛ばすことが得意《とくい》である。

女子たちは、斎藤晴樹《さいとうはるき》の登場をこころよく思っていないらしい。

「はー？　うっせえ斎藤《さいとう》。おまえの分のチョコないから！」

「うちら、くろノラさまに縁《えん》を結んでもらうのにいそがしいの！　あっち行け斎藤《さいとう》！」

「あ、平野《ひらの》さんは、山本《やまもと》くんにチョコあげるって言ってたよ？　斎藤《さいとう》じゃなくて」

「え？　まじで……ってかうっせえ！　平野さん今関係ねえだろ！」

斎藤晴樹《さいとうはるき》がキレている。くろノラは小屋からはいだした。三人の女子と、斎藤晴樹《さいとうはるき》がぎゃあぎゃあやっている。けんかというやつだ。けんかはなかよしのすることだと、三澄《みすみ》楓《かえで》は言っていた。だから自分はけんかの相手もいないのだと、そうも言っていた。

「あ、くろノラさまのお成り！」

「ありがたや！　ありがたやくろノラさま！」

「やめろよ、拝《おが》むなよ。くろノラびっくりしてるじゃねえかよ」

斎藤晴樹《さいとうはるき》がつっこみを入れている。べつにくろノラはびっくりしていない。だけど、ちょうどいいところに来た。くろノラは斎藤晴樹《さいとうはるき》に言った。

斎藤晴樹《さいとうはるき》。くろノラが高校に行くにはどうしたらいいのであるか？

「なんかにゃあにゃあ言ってる！　めちゃかわじゃん！」

知らない女子、きみには言ってない。斎藤晴樹《さいとうはるき》、聞け。

「チュールをもっとお食べになりますか、くろノラさま?」

チュールはもういらない。

「やめろっておまえら。ほら、くろノラ。どっか行ってな。はやく逃《に》げろ」

くろノラは逃《に》げない。きみに用があるんだ。斎藤晴樹《さいとうはるき》。どうしたら、くろノラは三澄楓《みすみかえで》とずっといっしょにいられるだろう。なにかいい方法はないだろうか。

「……なんか、よく鳴くね、くろノラ」

女子のひとりがそう言って、斎藤晴樹《さいとうはるき》はうなずいた。

「どうしたんだろう。調子が悪いのかもしれない。おれ、三澄《みすみ》さん呼《よ》んでくる」

いや、べつに呼《よ》ばなくていい。くろノラの質問《しつもん》に答えよ。

しかし、斎藤晴樹《さいとうはるき》は走っていってしまった。どいつもこいつもわからないやつだなとくろノラは思った。情熱《じょうねつ》があれば気持ちは伝わるはずだと考えてきたのだが、実際《じっさい》のところ人間はそもそも、他者に対して耳を傾《かたむ》けるということをしない生き物なのだろう。

くろノラはのびをして、てちてちと歩きだした。

「あれ、くろノラ。どっか行っちゃうの?」

「斎藤《さいとう》、三澄《みすみ》さんのこと連れてきてくれるってよ？」
くろノラは無視《むし》して、校庭のほうへと歩いていく。正直、くろノラは三澄楓《みすみかえで》に会いたい気分じゃなかった。だれも答えをくれないし、しばらくいっぴきで考えたい。

どうも、今は昼休みらしい。くろノラはずいぶん長いことふて寝《ね》をしていたようだった。校庭では、男子たちがボールを追いかけて遊んでいた。ボールを追いかけるのは、くろノラもだいすきだ。夢中《むちゅう》になる気持ちはよくわかる。だけど、彼《かれ》らが校庭で投げたりけったりしているボールは、いささか大きすぎる。ああいうのがぶつかってくると、くろノラはケガをすることになる。「休み時間は、校庭に行かないほうがいいですよ」と、三澄楓《みすみかえで》も言っていた。ケガですめばまだいい。場合によっては死んでしまうかもしれない。

くろノラは校庭のすみっこにある木にのぼった。そうして、生徒たちが投げたりけったりしているボールを目で追いかけた。そうしていると、なんと、楽しい。さっきまでのゆううつな気分は消えさり、くろノラはわくわくしてくる。

くろノラはしっぽをぶんぶんふりまわし、きょろきょろと首を動かして、あっちこっちに転がるボールを見つめ続けた。興奮《こうふん》のあまり、うるる、うるるるると、声がもれる。

「あ、いた！」

見ると、斎藤晴樹《さいとうはるき》がこっちを指さしている。となりには三澄楓《みすみかえで》、それから菊川舞《きくかわまい》の姿《すがた》もあった。三人はくろノラがのぼった木の下まで走ってきて、こちらを見あげた。くろノラは彼《かれ》らをちらりと見て、それからあくびをした。

「……べつに、ケガをしているとか、そういうわけではなさそうですね」

三澄楓《みすみかえで》が言った。菊川舞《きくかわまい》がうさんくさそうに斎藤晴樹《さいとうはるき》のほうを見る。

「晴樹《はるき》の早とちりじゃないの？」

「さっきは様子がおかしかったんだよ。大声で何度も鳴いててさ」

「くろノラ、どうかしましたか？」

三澄楓《みすみかえで》がたずねる。

べつになんでもありませんという意思表示《ひょうじ》に、くろノラはそっちを見ないまま、しっぽをぱたんとふった。斎藤晴樹《さいとうはるき》は首をひねった。

「どうしたんだろうな？」

「なんか、すねてるように見えなくもないね」

菊川舞《きくかわまい》は言った。三澄楓《みすみかえで》は肩《かた》をすくめる。

「最近、『くろノラさま』と言って、いろいろな子がたずねてくるから、つかれていたのかもしれないですね。そっとしておきましょう」

それから、三澄楓《みすみかえで》はもう一度、くろノラのほうを見あげた。

「放課後、またごはんを持ってきますからね」

そう言って、踵《きびす》を返す。斎藤晴樹《さいとうはるき》もそれに続いた。だけど、菊川舞《きくかわまい》だけは、そこに立ったまま、いなくならなかった。じっとくろノラのほうを見あげて、なにかを考えているようだった。くろノラはちらりとそちらを見た。目が合う。菊川舞《きくかわまい》はまばたきもせずに見つめてくる。くろノラは鼻をふすんと鳴らして目をそらした。

「もしかしてさ、くろノラ。朝のこと、気にしてる？」

菊川舞《きくかわまい》は言った。よくわかってるじゃないかとくろノラは思った。

「……ちょっとおりてきてよ」

くろノラはちょっとだけ考えた。でも、やっぱりおりなかった。人間の言うことを聞かないのは、野良《のら》ネコの矜持《きょうじ》のようなものである。

菊川舞《きくかわまい》はしばらく待っていたけれど、やがて肩《かた》をすくめてつぶやいた。

「やっぱだめか。くろノラ、楓《かえで》ちゃんの言うことしか聞かないもんね」

くろノラは、むっとした。たしかに、くろノラは三澄楓《みすみかえで》の呼《よ》びかけには返事をするし、おいでと言われれば走っていく。だけど、いつだってそうだというわけではない。木にもたれかかるように背中《せなか》を預《あず》け、菊川舞《きくかわまい》は言った。

「私《わたし》さ、今日、チョコレート持ってきたんだ。手作りのやつだよ。なんたって、ほら。バレンタインデーだしさ……ねえ、くろノラ。いったいだれにわたすと思う？」

知ったことじゃないとくろノラは思った。すると、菊川舞《きくかわまい》はちいさく笑った。

「楓《かえで》ちゃんにさ、プレゼントしたいって、そう思っていたの」

まぶしそうな顔でくろノラを見あげて、菊川舞《きくかわまい》は言った。

「私《わたし》、楓《かえで》ちゃんのことがすきなんだ」

くろノラは思いだす。菊川舞《きくかわまい》のことだ。「くろノラの会」が結成されたきっかけのこと。すべてのはじまりのこと。

夏休みの直前だった。日差しは強く、セミの声がしていた。一年生の三澄楓《みすみかえし》はいつものようにくろノラに会いに来てくれていた。器《うつわ》に入ったドライフードをかりかり食べながら、くろノラは三澄楓《みすみかえで》に背中《せなか》をなでてもらっていた。三澄楓《みすみかえで》は言った。

「夏休みも毎日来ますから、心配しないでください。だいじょうぶですよ、くろノラさん。ぜったいにあなたをひとりぼっちにはしません」

三澄楓《みすみかえで》は帰宅部《きたくぶ》といって、部活に属《ぞく》していないので、夏休みの間、とくに大きな用事はない。だから、くろノラの世話をしに来られると、そう考えたのだろう。それはくろノラのことがほんとうに心配だったからかもしれないし、もしかすると、自分の家にいたくないと思っていたことも、関係していたのかもしれない。わからない。

くろノラにはわからない。三澄楓《みすみかえで》が、ほんとうはなにを考えていたかなんて。だけど、そのときのくろノラはまだ子ネコで、正直なところ、なにも考えていなかった。ドライフードうまいうまい。そのくらいしか考えていなかった。

菊川舞《きくかわまい》が現《あらわ》れたのは、そのときだった。

何人かのクラスメイトもいっしょだった。三澄楓《みすみかえで》は身構《みがま》えたようだった。彼女《かのじょ》が緊張《きんちょう》し、攻撃的《こうげきてき》な気持ちになっているのを、くろノラは肌《はだ》で感じた。どうしたんだろう。なにか、おそろしいことが起こるのだろうか。くろノラは三澄楓《みすみかえで》のひざの上に乗ってまるくなった。こうしていれば、なにが起こっても安心だと、幼《おさな》き日のくろノラはそう思っていた。

「なにかご用ですか?」と、とげとげしい声で、三澄楓《みすみかえで》はたずねる。

すると、菊川舞《きくかわまい》はおずおずと、こんなことを言った。

「三澄《みすみ》さん。よかったら、その子の世話をさ、私《わたし》たちにも手伝わせてもらえないかな」

三澄楓《みすみかえで》はとまどっているようだった。くろノラはそれに気づいて、安心させるように彼女《かのじょ》の手をぺろりとなめた。くろノラは菊川舞《きくかわまい》から、敵意《てきい》を感じていなかった。だから、だいじょうぶだと、くろノラは三澄楓《みすみかえで》に伝えたかったのである。

「おねがい、三澄《みすみ》さん」

真剣《しんけん》な表情《ひょうじょう》で、菊川舞《きくかわまい》はそう言った。

あれから、長い時が経《た》つ。

三澄楓《みすみかえで》と、菊川舞《きくかわまい》、そのときいっしょにいたくろノラの会設立《せつりつ》メンバーは三年生になって、もうすぐ卒業してしまう。新船《あらふね》中学校からいなくなってしまう。

三澄楓《みすみかえで》は、どこか遠くの「寮《りょう》つき」の高校に進学し、おそらくもう、帰ってこないのだろう。そして、菊川舞《きくかわまい》もそことはべつの高校に進学し、三澄楓《みすみかえじ》とは、もう会えなくなる。

少なくとも、本人はそう思っているみたいだし、そして、それはきっと、ひどくさびしいことなのだろう。だって、菊川舞《きくかわまい》にとって、三澄楓《みすみかえで》は「意中の人」だったのだから。

「だから、チョコレート、楓《かえで》ちゃんにわたしたいって思ってた」

木の上のくろノラを見あげ、菊川舞《きくかわまい》は言う。だけど、すぐにうつむいて、こう続けた。

「でも、やっぱりやめるよ」

なぜだ、とくろノラは思った。すきだというなら、わたせばいいじゃないか。プレゼントすればいいじゃないか。バレンタインデーって、そういうイベントだろう。いくら、お菓子《かし》業界の戦略《せんりゃく》だとしても、それを楽しむことはべつに、くろノラはおかしいと思わない。

昼休みの終わりのチャイムが鳴る。菊川舞《きくかわまい》はこちらを見あげた。

「私《わたし》さあ、ほんとのこと言うと、くろノラ。あんたのことは、どうでもよかったんだ」

なんだかひどいことを言いだした。くろノラがそう思っていると、菊川舞《きくかわまい》は笑った。

「ごめん。今はちがうよ。私《わたし》も、くろノラのことがだいすきだよ。でも、あのときはそうじゃなかった。私《わたし》が楓《かえで》ちゃんに声をかけて、くろノラの会を作ったのは、そうしたら、楓《かえで》ちゃんといっしょにいられるって、そう思ったから」

それから、菊川舞《きくかわまい》はわざとらしくため息をつく。

「でもさ、むだだったよ。私《わたし》はあの子の特別にはなれなかったの。だって、楓《かえで》ちゃんにとってさ、世界でいちばん大切なのは、あんただから。あの子にとってはさ、くろノラ。

あんただけが、ほんとうにほんとうに大切で、特別なものなんだよ」

あーあ、うらやましいなあ——私《わたし》がさ、あんただったらよかったのにな。

泣きそうな顔で、それでも明るく言って、菊川舞《きくかわまい》は去っていった。

くろノラはしばらく動けなかった。不思議な気持ちだった。今、菊川舞《きくかわまい》にもらった言葉を、その表情《ひょうじょう》を、おそらくくろノラは一生忘《わす》れない。そんな予感があった。

自分は特別なのだ。三澄楓《みすみかえで》にとって、ほんとうにほんとうに大切な、そんな存在《そんざい》なのだ。菊川舞《きくかわまい》が、三澄楓《みすみかえで》を意中の人とするあの子が、あれほど切実な表情《ひょうじょう》をするくらいに。自分がくろノラだったらよかったなんて、そんな荒唐無稽《こうとうむけい》なことを言うくらいに。

きっと、くろノラはこれからの人生のうちで、何度も何度も、今のことを思いだすのだろう。三澄楓《みすみかえで》がいなくなっても、くろノラに会いに来なくなっても、それでも、あの子のことを考えるたび、きっと同時に、菊川舞《きくかわまい》のことを思いだす。

この冷たい風と、木の枝《えだ》にゆられる感覚を。チャイムが鳴って、校庭を去っていく生徒たちのはしゃいだ声を。そして菊川舞《きくかわまい》のくれた言葉を。

あの子の表情《ひょうじょう》や、瞳《ひとみ》の色や、口調から、ひりひりと伝わってきた、かなしみを。

自分にとっての三澄楓《みすみかえで》の存在と、これまでいっしょに過《す》ごしてきた思い出と、そして今日のことはけっして、切りはなせない。

くろノラは幸せなんだ。なぜなら、くろノラは三澄楓《みすみかえで》のことを特別な存在《そんざい》だとそう思っていて、その三澄楓《みすみかえで》も、くろノラのことをほんとうにほんとうに大切で、特別な存在《そんざい》だって、そう思ってくれている――そのことを知ったから。教えてもらったから。

くろノラはそれが幸せで、だけど同時に切なくてたまらなかった。

そうだ。たとえ三澄楓《みすみかえで》といっしょにいられなくても、この気持ちはなくならない。この幸せは、この切なさは、どこにもいかない。いなくならない。その思いは予感なんてなまやさしいものではなかった。もはや決定された運命だった。

とんでもない贈《おく》りものを受けとってしまったと、くろノラはそう思った。

自分は、決してひとりぼっちになんか、ならないんだ。これから、くろノラの心はずっと、三澄楓《みすみかえで》と菊川舞《きくかわまい》、ふたりといっしょにいる。今日の記憶《きおく》と共にある。いつまでも。

くろノラは木からおりると、のっそりと歩きだした。

「こんにちは、くろノラ」

放課後、三澄楓《みすみかえで》がくろノラのところにやってきた。

くろノラは小屋の前にしゃんとすわって、三澄楓《みすみかえで》を待っていた。

「おやつにチュールを食べたそうですね。よくないですよ」

三澄楓《みすみかえで》はそう言った。くろノラは反省しない。チュールはおいしい。くろノラはふすんと鼻を鳴らし、小屋のなかに隠《かく》しておいたそれを、口にくわえてひっぱりだした。

「……それ」

三澄楓《みすみかえで》は眉《まゆ》をひそめた。「だれのくつです？ 持ってきちゃったんですか？」

くろノラはそれを三澄楓《みすみかえで》の前に置くと、ぺろぺろとおなかをなめた。白いひものついたくつが片方《かたほう》。スニーカーというやつだ。三澄楓《みすみかえで》はそれをひろって、じっと見つめた。それから、気づいたようだった。

「これ、菊川《きくかわ》さんのくつですね」

そのとおりだった。

「くろノラが自分で持ってきたんですか？ それとも、だれかがいたずらしたんでしょうか。だとしたら、それはよくないことです」

くろノラはぱたんとしっぽをふった。だれかがいたずらしたわけではない。そのくつはくろノラが苦労してげた箱から持ってきたものだった。

「とにかく、返してきますね。これがなかったら、菊川《きくかわ》さん、おうちに帰れませんから。ちょっとだけ、待っていてください」

三澄楓《みすみかえで》は歩いていく。すると、くろノラもそれに続いた。三澄楓《みすみかえで》はふりかえって、不思議そうな顔をした。だけど、なにも言わなかった。だまって、中庭から昇降口《しょうこうぐち》のほうへ、そこにある三年四組のげた箱へと向かった。

そこでは、菊川舞《きくかわまい》と何人かの子たちがいて、なにかを探《さが》しているようだった。くろノラは彼女《かのじょ》たちがなにを探《さが》しているのか、もちろんわかっていた。

「ないね。ぬすまれたのかな」「ええ、陰湿《いんしつ》じゃん。先生に伝える?」

そんな話をしている。くろノラはあおんと鳴いた。全員がくろノラのほうを見て、それから、そのとなりに立っている三澄楓《みすみかえで》に目を向けた。

三澄楓《みすみかえで》はなにも気にしていないような顔で、菊川舞《きくかわまい》のところに歩いていった。

「菊川《きくかわ》さんのくつが片方《かたほう》、くろノラの小屋に入っていました」

そう言って、スニーカーを差しだす。菊川舞《きくかわまい》はとまどったようだった。

「ええ……なんでそんなところに」

「わかりません。だれかがいたずらしたのかも。あとで先生に報告《ほうこく》しておきます」

菊川舞《きくかわまい》は、じっとスニーカーを見つめた。それから、つぶやくように言った。

「かんだあとがあるね」

三澄楓《みすみかえで》も、菊川舞《きくかわまい》の手元をのぞきこむ。「ほんとうですね」

「くろノラが持っていったのかな」

いっしょにいた生徒のひとりが言った。そのとおりである。

「まあ、あったならいいや。私《わたし》たち、部活行くね」

べつの女子がそう言って、生徒たちはぞろぞろと昇降口《しょうこうぐち》から出ていった。そこには、三《み》澄楓《すみかえで》と菊川舞《きくかわまい》、そしてくろノラのふたりといっぴきが残された。

「私《わたし》も、なにもなければくろノラにごはんをあげてきます」

三澄楓《みすみかえで》は言った。菊川舞《きくかわまい》はうなずいた。

「そっか……うん。わかった。ありがとう。じゃあ、また明日ね」

「はい。また明日」

そうして、三澄楓《みすみかえで》は中庭にもどろうとする。

しかし、くろノラはのっそりと歩いて、三澄楓《みすみかえで》の足の上に、のしっと乗っかった。くろノラはことがすむまで三澄楓《みすみかえで》のことをどこにも行かせるつもりはなかった。三澄楓《みすみかえで》はおどろいたようだった。

「どうしたのですか、くろノラ」

しゃがんで、くろノラの頭をよしよしとなでる。くろノラは横目で菊川舞《きくかわまい》のほうを見た。菊川舞《きくかわまい》は悩《なや》んでいるようだった。その気持ちがくろノラには手に取るようにわかる。くろノラはうるるる、るるる、と鳴いた。

「やっぱりなんだかへんですね、くろノラ。ストレスでしょうか」

心配そうに言う三澄楓《みすみかえで》。

「……あのさ」

菊川舞《きくかわまい》はつぶやくように言った。その声は心もとない。三澄楓《みすみかえで》はしゃがんだまま、肩越《かたご》しにふりかえってそちらを見た。

「なんでしょう?」

くろノラには、菊川舞《きくかわまい》が緊張《きんちょう》しているのがわかった。彼女《かのじょ》がぎこちない動作で、かばんのなかからラッピングされた包みを取りだすのを、三澄楓《みすみかえで》が見ている。

「これ、チョコレート。楓《かえで》ちゃんにプレゼントしたくて……」

そう言って、菊川舞《きくかわまい》は、三澄楓《みすみかえで》にチョコレートの入った包みを差しだした。

「……お菓子《かし》、学校に持ってきてはいけませんよ」

三澄楓《みすみかえで》は言った。ひどくとまどっているようだった。

菊川舞《きくかわまい》はちいさく笑う。それから、三澄楓《みすみかえで》のほうをまっすぐ見た。

「あのさ、楓《かえで》ちゃん。高校に行っても……友だちでいてほしい」

顔を真っ赤にして、消えいるような声で、菊川舞《きくかわまい》はそう言った。

沈黙《ちんもく》があった。

しばらくして、三澄楓《みすみかえで》は立ちあがると、ふるえる手でその包みを受けとった。

「友だち……ですか」

ぼう然と、その言葉をくりかえす三澄楓《みすみかえで》。じっと、なにかを考えているようだった。

「ほら、今は友チョコとか、そういうのもあるらしいから。楓《かえで》ちゃんとは、ずっとくろノラの会でいっしょにやってきたし、いろいろお世話になっていたっていうか……」

弁解《べんかい》するように、菊川舞《きくかわまい》は言う。それがうそだと、方便だと、ほんとうの気持ちを隠《かく》すための欺瞞《ぎまん》だと、くろノラはちゃんとわかっている。

でも、くろノラはなにも言わない。それが菊川舞《きくかわまい》の選択《せんたく》ならば、べつにいい。

「友だち」

三澄楓《みすみかえで》は、もう一度そう言ってちいさくほほえんだ。

「菊川《きくかわ》さんは、私《わたし》のことを友だちだって、そう言ってくれるんですか？」

「あたりまえじゃん……ってか、楓《かえで》ちゃんは私《わたし》のこと、友だちって思ってなかったの？」

びっくりしたように、菊川舞《きくかわまい》は言った。三澄楓《みすみかえで》はうなずいた。

「家にも、学校にも、私《わたし》の居場所《いばしょ》はありませんでした。私《わたし》には、くろノラしかいませんでした。そんな私《わたし》と友だちになってくれる人がいるなんて、思ってなかったです」

菊川舞《きくかわまい》はあんぐりと口を開けた。

「こんなに長いこと、いっしょにくろノラのめんどうを見てきたのに……」

あきれているのか、かなしんでいるのか。複雑《ふくざつ》な表情《ひょうじょう》をする菊川舞《きくかわまい》。

神妙《しんみょう》な顔で、三澄楓《みすみかえで》はうなずいた。

「だって、私《わたし》はからっぽですから。私《わたし》のなかには、なにもありません」

菊川舞《きくかわまい》は首を横にふる。「からっぽなんかじゃないよ」

泣きそうな顔で、切実な声音《こわね》で、そう言う。

「楓《かえで》ちゃん、すてきな人だよ。だれよりもすてきな人だって、私《わたし》が保証《ほしょう》するよ。ううん、私《わたし》だけじゃなくて、くろノラだって、ぜったいそう思ってる」

くろノラはあくびをした。そんなこと、わざわざ言うまでもない。

三澄楓《みすみかえで》はぎゅっと目を閉《と》じた。そして、ちいさく息をはく。

「……楓《かえで》ちゃん?」

おそるおそる、菊川舞《きくかわまい》はその名前を呼《よ》んだ。三澄楓《みすみかえで》はまぶたを開く。その目は、すこしだけうるんでいて、でもその涙《なみだ》はかなしみによるものではない。

「ありがとう菊川《きくかわ》さん」

三澄楓《みすみかえで》は、そう言ってほほえむ。

「すごくうれしいです。ぜひ、これからも友だちでいてください」

ふつつか者ですが、よろしくお願いいたします。

そんなことを言う三澄楓《みすみかえで》。菊川舞《きくかわまい》は、泣きそうな顔で、それでも笑った。

「ありがとね、楓《かえで》ちゃん。それと、くろノラも」

不思議そうな表情《ひょうじょう》の三澄楓《みすみかえで》に、菊川舞《きくかわまい》は続けた。

「やっぱり、縁結《えんむす》びの神さまだったね、くろノラはさ」

昇降口《しょうこうぐち》を夕日が照らし、ふたりの顔を茜色《あかねいろ》に染《そ》める。

くろノラはやわらかく目を細め、ふたりにそっと呼《よ》びかけるように、あおうと鳴いた。


くろノラはネコである。だから、チョコレートを食べることはできない。

でも、菊川舞《きくかわまい》が三澄楓《みすみかえで》に贈《おく》ったチョコレートは、きっとほんとうにおいしいのだと、チュールよりずっとずっとおいしいのだと、くろノラにはわかっている。

なぜなら、そのチョコレートは特別なものだからだ。三澄楓《みすみかえで》がくろノラに対して思う特別や、くろノラが三澄楓《みすみかえで》に対して思う特別とおなじかそれ以上に。

だって、それくらい、菊川舞《きくかわまい》も、三澄楓《みすみかえで》のことを特別だと、「すき」だと、そう思っているのだから。


そこでくろノラは気づく。

そうだ。今日、くろノラを拝《おが》みに来たたくさんの子たちにも、それぞれの特別があるのだ。それぞれの意中の人がいて、それぞれの「すき」という気持ちがあるのだ。

だからきっと、贈《おく》りものひとつひとつに、それぞれの気持ちがつまっているのだ。

それは尊《とうと》いことだとくろノラは思う。すばらしいことだと思う。

ほんとうのことを言うと、この新船《あらふね》中学校に通う生徒たちが、くろノラはきらいじゃない。あれこれめんどうくさいものをいくつも抱《かか》えて、まよいながら、悩《なや》みながら、それでもなんだかんだ笑って、毎日を生きているきみたちのことが、くろノラはきらいじゃない。三澄楓《みすみかえで》とおなじくらい特別とは言わないが、「すき」だって、そう言ってやってもいい。

きみたちのことを、「いとおしい」って、そう言ってやってもいい。

だから、これからも、そばで見守ってやってもいい。

もうしばらく、神さまでいてやってもいい——そう、くろノラは思うものである。

ラピスラズリの初恋——石川瑠璃
2020年12月刊行『キャンドル』より

バカナタの言うとおり——横田佑実
2024年6月刊行『かなたのif』より

あかずきんちゃんをさがして——光丘沙希
2021年7月刊行『りぼんちゃん』より

秘密のゆくえ——櫻井美咲
2019年12月刊行『あの子の秘密』より

きみがくれた贈りもの——くろノラ
2023年4月刊行『きみの話を聞かせてくれよ』より

＊本作はすべて書き下ろしです。

あとがき

村上雅郁

二〇一九年の冬に出版《しゅっぱん》されたデビュー作、『あの子の秘密《ひみつ》』からはじまり、ぼくはこれまで五冊《さつ》の本を書き、たくさんの方々に支《ささ》えられながら、今日まで歩いてくることができました。そして、デビューから五年が経《た》つ今年、ぼくは長いことしまいこんでいた宿題に向きあうことに決めました。

ずっとずっと、書きたかった物語があったのです。『あの子の秘密《ひみつ》』に登場する櫻井美咲《さくらいみさき》のこと。この五年間、ずっと彼女のことが、頭のすみにありました。作中でもっとも秘密《ひみつ》めいた存在《そんざい》だったあの子のことを、いつかちゃんと物語にしないといけない、そう思っていました。

この企画《きかく》は、今年になってぼくのほうから編集《へんしゅう》さんに相談したものです。『あの子の秘密《ひみつ》』の美咲《みさき》をはじめ、今までの物語のサブキャラクターたちを主人公にスピンオフを書いて、短編集《たんぺんしゅう》にしたい、と。この作品は絶対におもしろいものになるという、並々《なみなみ》ならぬ自信がありました。読者のみなさまによろこんでいただけるものになると、信じて疑《うたが》いませんでした。

しかし、執筆《しっぴつ》する段階《だんかい》になって、それまでに考えていたアイデアは、なにひとつうまくいかないことがわかりました。ぼくはひどく悩《なや》んだすえに、認《みと》めざるを得《え》なくなりました。自分がいちばん大切にしていたものを、ないがしろにしてしまったということに。

それは自分自身が生みだしたキャラクターたちと、誠心誠意《せいしんせいい》向きあうことです。

あさはかにも、「これは絶対《ぜったい》にウケる！」という、うぬぼれた気持ちで書きはじめた結果、いちばん尊《とうと》ばなければならないはずのあの子たちの心が、ぼくには見えなくなっていました。

ぼくは、今まで自分が書いた五つの物語を、最初から読みかえしました。もう一度、あの子たちと出会うために。かつてのぼくが書いたあの子たちのセリフや、ひとつひとつの描写《びょうしゃ》のむこうに、今のぼくだからこそ見ることができる「真実」を見つけるために。

そうして書かれたのがこの本です。あのころのぼくが見ていた景色からは、ずいぶんと遠いところに来てしまいました。それでもぼくは胸《むね》を張《は》って言うことができます。

心からあの子たちに向きあい、長い旅路の果てに、ようやくたどり着いたこの物語を、ぼくはなによりもいとおしく思います。あのころはまだ見えなかった未来であり、やがてなつかしい過去として思いだすだろうこの物語と、そこで懸命《けんめい》に生きるあの子たちのことが、ぼくはだいすきです。あたりまえです。今までだって、ずっとそう思って書いてきたのですから。

本作もふくめ、今までの旅路にずっとつきあってくださった担当編集Hさんはじめフレーベル館のみなさま。すてきな装画と装丁を手掛けてくださった牧野千穂さんと城所潤さん。今までぼくを支えてくれたたくさんの方々と、これまでなんだかんだいっしょにやってきた村上ワールドの登場人物たち。そして、この物語『ショコラ・アソート　あの子からの贈りもの』を読んでくださったあなたに、心から感謝します。あふれんばかりのらぶをこめて。

二〇二四年　晩秋

村上雅郁
むらかみまさふみ

1991年生まれ。鎌倉市に育つ。2011年より本格的に児童文学の創作を始める。第2回フレーベル館ものがたり新人賞大賞受賞作『あの子の秘密』(「ハロー・マイ・フレンド」改題)にて2019年にデビュー。2020年、同作で第49回児童文芸新人賞を受賞。2022年、『りぼんちゃん』で第1回高校生が選ぶ掛川文学賞を受賞。ほかの作品に『キャンドル』、『きみの話を聞かせてくれよ』、『かなたのif』(すべてフレーベル館刊行)。

フレーベル館 文学の森
ショコラ・アソート あの子からの贈りもの

2024年 12月　初版第1刷発行

作　村上雅郁

発行者　吉川隆樹
発行所　株式会社フレーベル館
〒113-8611 東京都文京区本駒込6-14-9
電話　営業03-5395-6613／編集03-5395-6605
振替　00190-2-19640
印刷所　株式会社リーブルテック

280p　20×14cm　NDC913　ISBN 978-4-577-05320-1

フレーベル館出版サイト　https://book.froebel-kan.co.jp

冷たく凪《な》いでいたぼくの心にゆれる、小さくてもたしかな炎

小1で母をなくし、この世にはどうしようもないことがある、と理解してしまった螢一《けいいち》。小6の2学期が終わるころ、螢一を突然おそったある子の記憶。しだいに明らかになる記憶の主、花が友だちを傷つけた出来事。親友の翔真《しょうま》と現実の花をさがすうちに、螢一は翔真を傷つけてきたことに気づく。

『キャンドル』
遠田志帆 装画・挿絵
四六判 312ページ

Masafumi Murakami

村上雅郁の本

りぼんちゃんは さ、オオカミといっしょに暮らしてるんだよ

朱理《あかり》のクラスに転校してきた大きなりぼんの女の子、理緒《りお》。

クラスでお子ちゃまあつかいされてきた朱理だが、理緒に出会い、世界が変わる。

けれど、ある出来事から理緒がかかえていた痛みを、暗闇を朱理は知ってしまう。

この世にあふれている〈オオカミ〉とたたかうには？　朱理が、理緒が、出した答えは――？

『りぼんちゃん』
早川世詩男　装画・挿絵
四六判 320ページ

第1回 高校生が選ぶ
掛川文学賞受賞

吹き抜ける風が心をゆらす——

ぼくらは自分のままでいたいだけ。そうあるように、ありたいだけ。

親友とけんかしてひとりぼっちの六花《りっか》、お菓子作りが趣味の虎之助《とらのすけ》、元気のない後輩を気にかける夏帆《かほ》、悪友ふたりといたずらの計画を立てる葵生《あおい》、不登校気味の妹を心配する正樹《まさき》、悩める新船中《あらふねちゅう》のカリスマ・羽紗《うさ》、養護教諭の三澄《みすみ》先生に心のうちを語る良輔《りょうすけ》……7つのエピソードがきみの心に届く。

『きみの話を
聞かせてくれよ』
カシワイ　絵
四六判 336ページ

こども家庭庁こども家庭審議会
推薦児童福祉文化財